「わたしの宝物（筆箱の思い出）」（本文60頁）で触れた筆箱

思い出の筆箱は丈夫なアルミ缶を仕立てたもので蓋に日本の五重の塔と赤い紅葉が描かれている。ある日、学校で先生から「アメリカの進駐軍の方からのいただきものです」と言って配られたもの

母マサエ97歳で描いた絵画（本文11頁）

第38回奈良心身障害者作品展出品。以前出演していたOSKのデビュー時代の思い出の自作絵画。知事優秀賞を頂く

摩訶不思議
わたしのつぶやき6

森本南曳
Nanei Morimoto

文芸社

目次

摩訶不思議　わたしのつぶやき　6

わたしの母は薬親《くすりおや》

今朝ふとテレビをつけると「毒親《どくおや》」のことが語られていた。はて、毒親とは何だろう。すぐさまわたしには理解できなかった。つらつら聞いていると、子供の気持ちを度外視して、一方的に押し付ける教育、つまり、子供が由無《よしな》しと思っている習い事を無理やりさせたり、親が子を思ってしたことが子供にとって大きな負担になっていたという。いろいろな親子関係の縺《もつ》れを語っていた。「そんなこともあるのだな」と思った。が、幼い子供は何もわからない。母親が、日々のその子の素振りを見て判断し、この子に善かれと思ったものを与える。これが親の才知ではなかろうか。

わたしはいつも盥《たらい》の中に入って洗濯板を渡し、その洗濯板を机にして、塗り絵をして一人で遊んでいた。やがて学校に行くようになったが、ひっこみ思案で甘ったれのわたしはいつまで経っても学校に馴染めず、母がそばに居ないと泣きべそをかいていた。母はその時、担任の先生からお習字を習わせるように指示されたが、それがチャンスとなって、わたしは筆と大の仲良しになった。

でも母は、先生に言われる前に、娘の好みを察知していた。

面白そうな塗り絵や、絵文字の成り立ちなど、次から次へと、本屋で探してきてわたしに与えてくれていた。

お遊びは、おままごとや人形より筆が好き。墨の香りが大好きな女の子だった。

高齢の今の歳になっても一人で生きていられるのは、母の感知した、書と絵と文を友として、自分の世界を目の当《ま》たりにしたためだろうか。そして祖母のそばで小さいながら、お料理のお手伝い、楽しいたのしい時間をもてたこと。

でも不思議ふしぎ、運動神経がいたって鈍かった。学校での体育の時間が一番大嫌い。逆上がりもできないまま卒業した。

そんな娘の動作を母は隈なく見ていた。母の舞踊の世界から全くかけ離れた娘を、舞の世界に、引き摺り込もうともせず才能を見極めて育ててくれたことに頭が下がる。

毒親と呼ばれている親は、子を思ってやったことが本当は子供の為になっていなかったのではないか。そして、のちに子供に「してやった」と、老後の介護の際にも恩着せがましい言い方は、哀しいですよね。

わたしの母は八十歳で脳梗塞になり、それ以降ずっと一緒にいられたことを思うと、こんな幸せな者はない。

人は皆、介護は大変だと言う。また、仕事をもつ身で介護は無理など、いろいろな理由で介護を、避けている方々も。

わたしの場合、有り難いことにお勤めに出るのではなく、自宅で書絵画塾を開いているので、そばに居られた。こんな嬉しいことはない。

母も左半身不随となった身で踊り三味は難しいが、動く右手で絵手紙を描き、知人と文通し、朝十時になるとブルン、ブルン、ウーウ、お待ち兼ねの郵便配達のおにいさんがやってくるのを車椅子に乗って待っている。

「はい、おばあちゃん、どうぞ」

孫のようなおにいさんと、嬉しいご対面。また、キャンバスに油絵も描いていた。以前は両手を使ってちぎり絵をしていたが、母は何事においても切り替えが上手だった。わたしのように、めそめそしないで、自分にやれることをして、楽しい生活をした。

わたしは、夕飯の仕度をする前に、絵手紙の友達から頂いた三味線のＣＤをかける。母は右手で膝を打ってテンポをとり楽しんでいた。かと思うと、こっくん、こっくんとやすらかな眠りの世界に……。

脳梗塞とはいえ痛みもなく、半身が麻痺しているだけで根気さえあれば何でもできた。有り難いことに言語も普通に話すことができた。

母はいつも前向きで病を病とも思わずできる限りのことを自力でこなしていた。そんな母を見ていると、ちょっとのことで弱気にはなれなくなる。

夕飯の後片づけを終えると、今度は、楽しいお風呂の時間だ。

母は大の風呂好きであった。杖をつき、片足をひきずって洗面所に行き、脱衣して湯船に。湯船の中での母との会話は、とても楽しい。

ある時は、絵手紙仲間からチケットをいただき、「明日は、春のおどりを見に行くのだね」と君（主人）が車椅子を押して三人で行くことに。

母は湯船で踊っていた。どこからか聴こえてくるリズムにのって。

＊

わたし三期生、ああなつかしのＯＳＫ　　森本政枝

昔むかしになります。

時はあっという間にすぎて、わたしは九十七歳のおばあさんになってしまいました。

でも心は昔のはなやかなデビュー当時のまま、今も心の中で踊っていますよ。

八十歳の時、脳梗塞になって十七年間、左半身不随になってしまいましたが、神さまはわたしに右手と心の鏡を残して下さいました。

キャンバスの中で今も踊っておどって楽しい毎日を過ごしています。

松竹座で三期生だったわたしは、今は亡き三笠はん（笠置シズ子さん）と、大の仲良しでした。三笠はんは、わたしの家にもよく遊びに来られました。わたしも三笠はんの家によく行き

ました。

三笠はんのお家はお風呂屋さんです。モップをもって遊び歌いながら掃除のお手伝いをしました。陽気な三笠はんは歌って踊って、二人してそれはそれは楽しいたのしい思い出です。

絵手紙仲間からプレゼントされた春のおどりの招待券、なつかしく、帰宅後早速絵筆をとりました。

今踊ってはる方は、八十六、八十七期生です。ずいぶんわたしは、昔の先輩ですね。明日を夢見て人生歌って踊って楽しく行きましょうね。

（母がF30号の自作の絵画に添えた言葉）


以前出演していたOSKのデビュー時代の思い出を早速F30号のキャンバスに油絵具で描く。そして、第三十八回奈良心身障害者作品展に出品。平成二十二年十二月四日、九十七歳でした。

嬉しいことに、知事優秀賞を頂き、辰巳文一先生より、「動きがあり楽しい、ねばり強く表現されている」と評された。

＊

やさしい君は、何やら、こそこそと、明日の準備をしているみたい。

車椅子を押してゆく君の姿もなつかしい思い出となってしまった。

幸せな時は、あっという間なんだな。あの世でも、母の車椅子を押してくれているのかな。いやいや魂となった母は、もう車椅子はいらないよね。

母の、君の、やさしい温かな心に涙する。

わたしは母が九十七歳と三百六十二日で他界するまで四六時中いつも一緒だった。それに君はいつも寄り添ってくれていたことに心より感謝かんしゃ。

世間の人たちの中には、介護はちょっと……と言って、施設にお世話になる方々も多いだろう、それにはいろいろな事情がある。

わたしは、やさしい君と、母の最期まで一緒に過ごせた幸せは、本当に嬉しい。

でも介護と言っても、わたしの場合、ふと考えてみると、おや、どちらが介護されているのかなと思う。

母は生き字引だ。何でもよく理解し、よく知っていた。

悩み事も、スーッと解決、不思議だな。母があんな病気にならなかったら、四六時中一緒に居られなかっただろう。

母をひとり占めできて本当に有り難いこと。出来の悪いわたしに、ずっと付き添わせるようにと、これも神佛のお指図だったのだろうか。

今思えば、あの時が一番良かった、幸せであったように思う。

介護の喜びは感じても、しんどいと思ったこと一度もなかったし、わたしは病気もしなかった。

幼い頃は虚弱だったのに、少々熱が出てもケロリンカン。

そんなわたしの影武者になって支えてくれた君には、本当に頭が下がる。

車椅子を押して、いろんな所へ行ったね。水族館、中之島、通天閣、薬師寺、談山《だんざん》神社、神戸の花鳥園、ＯＳＫ春のおどり……と、三人五脚で。でも最後に虎の絵馬をもって信貴山へ行けなかったことは、残念。心残り。インフルエンザが蔓延していたので、もしやと思って躊躇したのが駄目だったのだな。

＊

じっと立ちんぼして

じっと立ちんぼして母を見る
母のやすらかな寝息が聞こゆる
暑いかな　寒いかな　丁度いい塩梅《あんばい》かな
その境目のむつかしさ
疲れた　すさまじい自分の心にともす灯に感謝する
そして　なお且つ
母の介護にやさしく専念できるよろこびに
有り難う　ありがとう

＊

わたしには、毒親は、理解できなかった。

やさしい心、温かい心は、和《なご》むね。

この世に生まれてきたことすら奇跡なのに、素晴らしい母に会え、心やさしい君に巡り合え、わたしは幸せ者の奇跡だね。

母は重し　とにかく重しと　思ふかたはら
あたたかき　温もり伝ふ

手と足を　うまく振り分け　介護する
今日の一日始まりぬ

もやもやと　いらだたしくば　瞼とぢ
母のにほひを　そっと嗅ぐかな

利《き》き右手　たよりに杖つき　歩む母
枯木のごとき　もろきその足

わたしの母は薬親

リハビリの　一、二、三と　数へるに
祖母の声あり　母の声あり

鬼は外　福は内うち　やすらかな
寝息聞きつつ　一人豆まく

世の中の　不思議ふしぎの　数々を
心にとめて　よきことあれと

逆らはず　時の流れに　ゆだぬるも
小さき喜び　探さむとして

時といふ　魔物に追はれ　おはれつつ
今日の日も暮れ　明日来たらむか

時知らす　鳥の啼き声　かなしけり
今日の無事をば　祈りてやみぬ

も一人の　わたしが問ふに　何故に
急《せ》からしきかな　せからしきかな

ずっと前々からの　縁《えにし》かと
母と娘の　無言の会話

時がない　その瞬間を　垣間見る
深夜の部屋の　白き壁見る

今せねばと　母の介護に　明け暮れる
幸せの風　頬をなぜゆく

いつだって　母の笑顔に　支へられ
甘えし我は　幼のごとし

今までの　お返しなんよ　お母ちゃん
白魚ごとき手に　手を重ね

母の香を　そっと身にうけ　優しさの
温もりありて　我のみぞ知る

疲れ果て　我が心に　むち打てり
ともす灯　やさしくあれと

（疲れきったすさまじい心にふと「有り難う」という言葉に感謝する。
なお且つ母の介護に優しくやさしく専念せねばと思う）

久しくも　絵筆忘れて　目に見えぬ
ものに追はれて　一日《ひとひ》も終はる

はるかなる　道の最中《さなか》に　立ち止まり
はるかなる道を　眺むるは我

どこなりと　風はさらりと　通りぬく
心もくぐる　道を弄《まさぐ》る

平穏な　日課がありて　満ちたりし
寂しき心も　介護せしかな

眠れなき　夜の戯言　おそろしき
時は我をば　変へてゆくなり

人生は　なるやうにしか　ならぬもの
心配するなと　風はささやく

時待たず　わが人生を　逆算す
生きとし生くる　我の命を

愚かさも　醜さもあれ　わが歩み
一生懸命　生きむと思ふ

美しきベールにつつまれし　我が命
かすかな灯　弄《まさぐ》りてをり

わたしの母は薬親

ハラハラと　いやな時こそ　笑ふべし
恩師の言葉　ふと思ふ今日

眠るなよ　一歩一歩と登るべし
師の心をば　今にわかれり

一日の終はりがありて　眼を閉ぢる
「また　あしたね」と　つぶやきながら

べそをかく　子供のやうに　べそをかく
これが我かと　我なのかとも

何故に　人は迷ふ　迷はむか
母の通りし　我もゆく道

やりなほし　きかぬ人生　ならばこそ
一点の灯を　ともさむとせし

ああなんと　魔法の手には　無駄がなし
我が人生を　振り返りみる

つっぱって　つっぱり生きる　人生も
よしと思へば　心やすらぐ

生きものは　すべて心を　もってゐる
何かいいこと　ないかしらとね

今日は何故　寂しさの風　寒々と
祖母恋ひの風　母恋ひの風

いつの日か　人は別れを　告げゆかむ
眠れぬままに　午前二時打つ

それぞれの　分をもちつつ　生かされし
人の命を　切に思はむ

わたしの母は薬親

いつの日も　一生懸命　いつだって
これが　わたしの　悪《あ》しき癖かも

ちょっとした　抜け道つくれと
穴ねずみ　我に教へて　逃げ去りゆきぬ

明日のこと　わからなき故　急ぐべし
落日を背に　心急《せ》からし

日毎にジワーときいてくる良薬。一言ひとこと噛み締めて、しっかりと心にとめ、残りの人生を生きていく。わたしにとって母は毒親でなく、薬親であった。有り難うございました。
ナムアミダブツ　ナムアミダブツ。

母恋ひのうた

限りある命なりけり　母と子の
別れに言葉　あらうはずなく

み佛のやすらぎごとき　後光さす
冷たくなりし　母の真顔は

水仙を生けをりしかな　母若し
昔むかしを　思ひみむかな

早春の山はやさしき　うす紅の
母のぬくもり　ふと感じたり
（三月十日永眠）

摩訶不思議　夢の中なる亡き人の
笑顔つらつら　心寂しも

わたしの母は薬親

手をばあげ　足どり軽く　踊らむか
夢の中にて母は微笑む

万華鏡そっと覗けば　やさしさの
夢の広ごり　幼き日のこと

飄々と流れる雲の　その彼方
母はいづくに　おはしますかな

蓮の葉に　露はキラリと　輝きて
われ垣間見む　黄泉《よみ》の国をば

昇天す魂いづくに　さ迷へり
ひと盛りの土　わが手に黙せり

骨壺の母に問ひかけど　言葉なし
行方知られず　心弄《まさぐ》る

つぶやきは日ざしのもとに　寂しさの
風吹き抜けぬ　わが心かも

亡き人の夢の中での　再会は
遠き年月　隔てなどなし

亡き人を恋ひ慕ふごと　雨が降る
しんしんと降る　我に注ぎて

人は皆　なすべきことを終へてのち
天に召さるるは　神の業《わざ》かも

定命は大事にだいじに　母のごと
悔いなきように　過ごしたきかな

目を細め　光の帯を　追ひながら
過去を弄《まさぐ》る　心わびしき

わたしの母は薬親

心して我われに問ふ　心なし
終《つひ》の住処《すみか》を　弄《まさぐ》りてをり

生と死の狭間にありて　何思ふ
人の愚かさ　ひしと身に沁む

人生は一つひとつが　積み重ね
光り輝く　時を信じて

夢に見し母は黙して　我を見む
向かふ岸より　見守るがごと

お彼岸は　良きところとは　思ひきや
歌ひ舞ひまふ　里でありたし

お彼岸に着きし母なる　魂ぞ
三味弾きひきて　踊りてあれや

彼岸より　祖母　母　み魂　かへりきて
心に生きる　命は永遠《とは》に

向かふ岸　渡りし母を恋しくば
心に生きる　命おもほゆ

ある日のつぶやき

ならナビ（ＮＨＫの地方情報番組）のアナウンサーが報道を終えた後「さようなら」と言って頭を下げられる。さようならは、今日はこれでお仕舞い、別れる時の挨拶の言葉なんだが、わたしの心の中に、寂し虫が騒ぐ。

何故と言われてもわからない。

まだまだニュースが聞きたいのではないのに「待って、そこから離れないで」と、言いたくなるのは何故。

書絵画塾の子供たちが稽古を終えて帰る時、わたしに、そして友達に「さようなら、またね」、とにこやかな笑みを交して去ってゆく。

不思議だな「またね」で少しは心が癒やされるのは。

とにかく「さようなら」は寂しい言葉だな。

「こんにちは」

おや、これから何が始まるのかな。みんなでワイワイおしゃべりしている。楽しい一時《ひととき》だ。

生きものは「こんにちは」と言って、この世に生まれ出て、「さようなら」と言って、永遠《とわ》の別れをする。

どこから来たのかもわからない自分なのだがこの世に居座り、みんなと喜怒哀楽を共にして、そして、ある時機《ほどよいころ》が来れば永遠《とわ》の別れとなる。

今の今までこんなこと、考えたこともなかったが、祖父母をはじめ、養父、母、伯父母（母の兄夫婦）、叔父母（母の弟夫婦）、叔父母（母の妹夫婦）、すべての別れを終え今度は自分が別れを言う番になってしまった。

わたしは、無器用《ぶきっちょ》で包丁をもって料理をすると、いつも手を切って絆創膏を貼っていたが不思議なことに今の自分は、どんな細かな刻みでも、手を切ることはない。そしてまた、日常のことながら、秤を使わず目分量で事足りている。

何故、なぜ……自分ながらおかしくなる。年を経て、ちっとはましな人間になってきたのかな。この調子で何事も一生懸命やります。神さま、佛さま、見てて下されや。

だが、できるようになったからといって、寿命を、ストップさせないで下さい。

わたしは、今、やらねばならないことが一杯いっぱいあるのですから。

P80号の大きなキャンバスに、恵比須神社のお祭りの賑わいの構図をとり、下書きまではしたのだが、早くはやくと思いながら、時間に追われて、二階の部屋に立て掛けたまま。

母が居てくれていた頃からだから、もう十二、三年にもなるかも。それに、母のちぎり絵、油絵、君の油絵、彫刻もわたしのお気に入りの作品、いっぱいある。写真にとって画集にしておきたいと思いつつ、それも手付かず。

まだまだ、わたしの思いは尽きず。

ブルンブルン、ウーウーとバイクの音がして、絵手紙を待つ母の笑顔がはじける時、郵便受けは嬉しい玉手箱であったが、今は新聞、広告紙が届くくらいかな。いつもは、新聞はのち程で、広告紙はサーッと目を通して古紙回収の箱の中にポイと入れるだけ。だがその時、ちょっと気になる一枚が。それは、着付け教室の案内だった。

学校を卒業して一年半勤めた会社で頂いた給料を使い道もなく貯めていたが、思い付いたのが桐の箪笥だった。わたしは何もわからないのに、祖母や母の時代の物が大好きだった。特に和装は、ほんに日本人らしい。祖母も母も、ずっと和装を通した。母の素晴らしい着物を頂いて早速、買い求めた桐の箪笥に丁寧に入れた。でも困ったことにわたしは着物が着られない。結婚を前に、逸早く母から伝授してもらった。一夜漬けでも、どうにか着られるようになり、新婚旅行は和装姿で行くことにした。

しゃなりしゃなりと旅に出る。いい思い出となった。

けれど、残念なことに、旅行から帰ってきた自分は、しゃなりしゃなりもしておられず、毎日が書絵画塾と日常生活のことで手がいっぱい、すっかり着物のことを忘れていた。そして、今に至っている。

今日の着付け教室のチラシを見て、はっと自分に返ったごとく、昔むかしのことがなつかしく思い出されるが、何十年も昔のこと、帯の結び方もあやふや。教えてくれた母も他界、困ったものだ。

着付け教室の案内を見て、も一度、着てみたい衝動にかられる。けれど、その教室に行くのは遠い。車にも自転車にも乗れない自分が歯痒い。そしてまた、この歳になって、着付け教室なんて人が笑うだろうな、そう思うと自分ながらおかしくなった。

しょうがないな。今度、生まれ変わったら第一に和装姿としよう。

残されたわずかな人生に、他に一杯いっぱいすることがある。以前描いた「狸人戯画」も、もう一踏ん張りして、狸の心やさしい温かい心を人に化してもっともっと描いてみたい。泣き味噌の自分ができなかったことを、今になって何もかも自分の心行くまで書きしるしておきたい。

そしてお料理もだ。

祖母がいつも、健康にいいもの、添加物のない純な食材を、と言ってたが、それに願わしい食材で、美味しく楽しいデザインで作ってみたい。


みんな皆、命がかかっている。大切にたいせつに、祖母の心に沿って無駄にせず、捨てるところなく利用し、健康によい、素晴らしいものを作り出してゆきたい。

あれも、これもと、欲張りなわたしです。

神さま、時間をたっぷりと、この頓馬なわたしに与えて下さいませ、お願い致します。

川の流れのように

フル稼働とは「機械を運転し仕事をありったけ、いっぱいさせること」と、辞書に書いてある。一見素晴らしいように思えるが、もしも人間がフル稼働し続けたらどうなる。朝から晩まで一服タイムもなく働き続ける。

これといったこともできないくせに、目紛《めまぐる》しく体を扱《こ》き使い、脳味噌を練りまくって、いったいお前は何をしようとしているのだ。

人生の最終盤になって……と、ふと考える。この間、誰かが言ってたな。

「焦らず、慌てず、諦めず、頑張らずのペースを守り、さあ前進」と。

焦り、慌てて、頑張る自分。慌てない、あわてないの一休さんも笑ってなさるわ。

没後百年の自分を振り返って見たりして、塵《ちり》にも及ばず。しかし、もしも次の世で自分を直視したら、できる時に、できることをできるだけやるしかないと、感知するかも。

わたしの好きな言葉は、是が非でも我武者羅《がむしゃら》だ。無鉄砲な、向こう見ずの生き方は、わたしに合っているのかな。祖母の血を受け継いでいるのかも。

「いったいお前は、何がしたいのだ。そんなに急がなくてもいいじゃないか。ゆっくり、のんびりとね」

わたしに語りかける声が聞こえてくる。ひとりぼっちになった自分は、急《せ》からしかの度合いも日々増し、あくせくと。

＊

「ピン　ポーン」チャイムが鳴った。

「あれ、どなたかな」

玄関口に出向く。ミシン工房のお方だ。

「ミシン点検させていただきましょうか」

年に一度、油さしなどの点検に来て下さるのだが、昨年、点検してもらったきり、一度も使用していないのだ。

「早いもんだな、もう一年過ぎちゃったの」

十年前に購入して使用したのは古タオルで雑巾をちょこっと縫っただけ。

二十万円もする上等のミシンを買ったのに。

古着を再利用、大変身させてみようと思って、ジグザク縫いから何でもできる高級ミシン。どうしよう。

毎日の料理、読書、執筆、書絵画塾、雑用と、目紛《めまぐる》しく一日が、あっという間に消えてしまう。

だからミシンまで、したくても、手を出すことができないのだ。

ミシン工房の方は、もっと手軽にできるミシンに買い替えられますか。それとも、また、油をさして点検しておきましょうか。新しいのに買い替えるのなら、このミシンを下取りに四万円出しましょう。点検だけだったら、今まで通り一万円で……と言われた。

いろいろ考えたが、新しいのに取り替えても、使用する時間がないだろうし。

そうだ。何でも作るのが大好きないとこがいる。早速、電話する。いとこは、大変、喜んでくれた。

ミシンも、構ってもらえず押し入れの隅に置かれているより、自分の素晴らしい力が出せると、喜ぶだろう。

「よかった、よかった」と手を打ち、ほっとした。

何でもできもしないのに欲張り過ぎは駄目だな。要領が悪い上に、とことん、何でもしたいのだから。だから、急《せ》からしか、時間がない、時よ、待て、まて、待っておくれと、駄目だめ、急がない、いそがない、一休さんだよ、と、自分で言った。

＊

ミシンを貰ってくれるいとこというのは、母の兄の娘だ。

わたしとちがって人付合いも上手で、聖徳太子が祀られている町に住んでいる。

わたしより三歳年下で、趣味として日本舞踊をそして村興《おこ》しにいろいろなイベントを、楽しくみんなでやっている。

わたしとは、丸っきり正反対。彼女こそ、母の娘であれば、よく似合っていたかも。

でも、気持ちのやさしさに、気さくに話せる身内である。そんな彼女も、幼い頃は、引っ込み思案で——。

戦後、食べ物があまりない時だったが、よく「のど自慢」を、あっちこっちでやっていた。一曲、歌うと、キャラメル一箱が貰えるのだ。

彼女は、わたしに急いで言う。

「あの『のど自慢』に出てよ」と、せがむ。

わたしは、小さい頃より、あまり間食はしないので、興味はなかったが、一曲歌う。

彼女は嬉しそうにキャラメルを手に取る。わたしは、歌が大好きだ。その頃のわたしは、メロディーも歌詞も、よく作られているなあと思い、一人で、好きな童謡を口遊《くちずさ》んでいた。

しかし、ある時より、わたしは「歌を忘れたカナリア」になってしまった。

中学二年生で、奈良に引っ越してからのことだった。

養父の一言ひとことが心に触り、毎日が陰うつになった。

あんなに口遊んでいた歌は、どこへ行ってしまったのだろう。

心というものは口に出さなくても、思いやりがあれば伝わるものだ。人を思いやる心は、ほんに素晴らしい。

祖母、母、叔母、伯父、叔父……は、あんなにも、温かい血が流れているのに、初めて感知した心の停電を、当時のわたしはどうすることもできなかった。

今思うに、養父も養父なりに、いろいろと、気疲れもあったのだろう。

わたしにとって、一言ひとことの、「してやった、してやった」が、心の重荷になっていた。

＊

今、振り返り見れば、わたしもわたしなりに、いろいろなことがあったのだなあと思う。そして、わたしに携《たずさ》わっていろいろなことをして下さった方々は、すっきり、こっきりと、黄泉の国に。


ただ今は、感謝の念で、頭《こうべ》を垂れる。

ひとりぼっちになった今、人さまに迷惑をかけてはならない一念で、近頃は見るテレビも、健康によい番組ばかりになってしまった。

神さまがわたしをこの世に置かしめる間は、何事も自分でできる健康体でいたいからだ。

「主治医が見つかる診療所」、「チョイス」など、テレビの健康情報番組でふと、目に入ったのが、美空ひばりさんの三十三回忌特番だ。

ひばりさんは、わたしと同年で、メロディーもラジオでよく聴いていた。

早三十三回忌を迎えられたのだなあ。五十二歳の若さで亡くなられたが、その人生は、とても充実していて濃厚なものだ。没後三十三年を振り返り見れば、すべての人の心の中に入り込み、彼女の人生を共に味わわせてもらったような気がした。

人の心に潤いを与え、昇天されたひばりさんは、黄泉の国でも歌ってなさるかな。

一つのものを達成され、人々の心をも満たされて。

人生って、思いの外、短いですね。

鈍間《のろま》なわたしは、尚更のこと思う。

ちっちゃなことに、くよくよし、できないことに、めそめそし、ここまで生きさせていただいたことも、申しわけなく思う。

人生は、川の流れのように逆らうこともできない。生きることは、旅すること。

死とは何だろう。ただ安らかに眠るところ、いや、次に生まれ変わるための準備。

魂はどこを漂う。

亡くなった人の生前の歌を聴くのは、意外な感情が湧く。

ひばりさんの魂が浮遊する。

秋の夜長に思うこと

幼い頃、母に手を引かれ夜店に行った。先ずは、金魚掬い。大きな桶に、沢山の金魚が放されている。子供たちは、目をキラキラとさせ一生懸命、金魚と向き合い、手桶に次からつぎへと掬った金魚を上手に入れてゆく。

わたしは興味津津だが、金魚は上手に鰭《ひれ》をかえして、あかんべえ。いつも一匹も掬えずに、金魚掬いの紙が破けてしまう。自分の不出来に、自分自身、腹を立て、手で掴み取ろうとするのを母は戒め、わあわあ泣き喚《わめ》く娘に代わって、金魚掬いを始める。五、六匹とれたところで、支払いをして帰路に就く。不機嫌な娘の手を引いて。

すると、その道すがら、いい音色が聞こえてくる。

虫籠に、蟋蟀《こおろぎ》、松虫、鈴虫、轡《くつわ》虫、馬追《うまおい》虫……と、いろいろな秋の虫が入れられて鳴いている。

＊

今思うに、囚われの身とは思わず秋の夜長を鳴き続ける虫たち、楽しそうに尾を振りふり泳いでいる金魚たち、何を考えているのだろう。

自分の人生を振り返ることもなく嘆くこともないだろう。

ただ一瞬を楽しく鳴き、楽しく泳ぎ、これが本当のよき人生なのだろうか。

小さな籠の中からキリキリ、チンチロ、チンチロ、ガチャ、ガチャ、スイッチョン……と鳴いている虫たち、可愛い尾をふりふりする金魚たち。人間に、快き趣《おもむき》、深い味わいを味わわせて世を去ってゆく、このものたちを切なく思う今宵だ。

＊

わたしはいったいどこからやってきたのだろう。泣き虫のわたしは、わあわあ喚きながら、宇宙から、この世に辿《たど》り着き、人間をやっている。不思議だな。

神さまはわたしに人間やっていきなさいと、命を授けられたのだ。祖母、母、叔母の愛の結晶の中に育まれ、生きてきた。

奇跡ではない、偶然でもない。

今日までわたしの歩むべき道、神に支配されて、生きている自分って、摩訶不思議だな。

人生の道しるべ

一日は、あっという間だ。朝起きて、おや、もう日暮れ。

でも振り返ってみると、わたしも、ずいぶんと長く生きてきたんだなあと、思う。

「オギャー」と生まれ、物心がついた頃より、これは駄目、これは良しと、おのが自身の心の葛藤は、続く。

人の心は、こちらが良しと思っても、相手方にとって、良からぬこともあろう。

心ほど厄介なものはない。また、心ほど素晴らしいものはない。

わたしは、時折、過去に戻り、自分自身が歩むべき道程を知るべくを探す。

＊

明日は七月七日、七夕祭り。彦星さまと織女星さま、年に一度のデートの日。

お会いできること、素晴らしい夢が叶えられるよう、星空に願いを。

わたしも、祈りをこめて短冊を書く。

　元気で楽しい教室が続けられますように。

最期に自分らしき作品が残せますように。

どんなに小さなものでもよい、自分の夢が叶えられることを祈る。

昔からの伝統行事って素晴らしいなあと思う。祈りって不思議だね。どんなことでも祈ることによって、少しはましな人間に変身したここちがする。

書絵画塾の教室の皆さんにも、毎年のことながら七夕祭りは、大人も、子供も、みんなで楽しくおこなうことにしている。


翌日の夜のこと、突然電話がかかってきた。教室の大人の方の言葉を、本人ではなく知人を通して伝えられた。

「七夕の授業のことなのだが、わたしには孫もいないし、天の川、提燈、タコ、イカ、輪っか飾りなど必要ない。短冊、色紙に書くこと自体もつまらない。こんな教室嫌いだ……」と悪態をつき続けていると言って、電話を切った。

わたしは言葉が出ない程、驚いた。この行事は子供のみならず大人にとっても大変必要だ。とくに高齢者には、今までのことを振り返り、残りの人生の歩み方をば考えさせられるのではなかろうか。七夕は、愛のデートだけではなく、人間の今のあるべき姿を、生き方を、教えてくれているのではなかろうか。

小細工《こざいく》の天の川……薄紙を切り裂き、ひらひらひらと、可愛い提燈は星空にぴったし、タコもイ力も泳いでいる。楽しいな。昔むかしの幼き自分がいる。

目先のことだけを考える今の世、過去をなつかしみ、一時《ひととき》、過去に生きる、そんな素晴らしさも失ってはならない。

お金では買えないものが沢山ある。それは人の心の中に。大切に、たいせつにしたいものだ。

「細工は流々、仕上げを御覧《ごろう》じろ」

あれ、どこからか聴こえてくるよ。

天の川、提燈、タコ、イカ……命をもらって笹の葉の上で踊っている。

＊

寝る間も惜しんで昼夜書に没頭する若者、天下一品の素晴らしい書を目指して努力する人とはちがい、わたしの書絵画塾教室の大人の大半は高齢で、今までに人生の為すべきことをしてきたので、今は、その余暇に心に癒やしにと始められた方々なのだ。

だから、寛ぎの心、癒やしの心を充分に味わっていただこうと思い、わたしなりの指導方針を立てた。

温かな言葉に季節感ある絵を添えて、世界に一つしかない自分らしき作品を。お家にもって帰って、玄関に、リビング、トイレに飾ってもらい、明るいお部屋になり心和み、笑みが浮かぶ。

また、作品を入れる額なども結構、高額だ。空き箱や段ボール箱の廃品を利用して手作り。駄目と思ったら、やり替《か》えればよい。わたしは、こんな指導を始めた。

人の心は千差万別、善かれと思ったことが悪しきに至るとは、本当に難しいなあと、痛感させられた。

いざこざの運びを、往《い》にし日を思い起こし、そんな、こんなことを考えていたら、わたしは、いつの間にか、若き日のわたしに戻り、師の前で書の手本を書いてもらっている自分がいた。

わたしって、甘えん坊だな。好きな先生には、「わたしのお父さんだったらいいのになあ」と思ってしまう。不思議、ふしぎだな。

神さまからの命のキップ

わたしはパソコンも、スマートホンとかももっていないし、使い方すらわからない。

「昔人間になっちまったなあ」と、一人苦笑する。

「そんなの使うより手で書いた方が、なんぼか早いよ」

わたしの戯言《ざれごと》である。

来年の二月には、君の七回忌の法要がある。早いもんだなあ。

君が入院した時、恐がりやのわたしは、自宅で一人で居れず、君のベッドの下で寝泊まりしていたのに。今は一つひとつの身の回りの道具にも君のやさしい心づかいが見えて頭が下がる。

君は早くも他界することがわかっていたのだろうか。

頓馬なわたしが、もしや火災でもおこしてはと思い、ＩＨのオール電化にしておいてくれたこと。そして、コピー機だ。いつもは手書きばかりしているのだが、書・文・絵等の、草稿（下書き原稿）を手元に置いておくのに、応募の場合、二度書きするのは大変だ。

そんな時、コピー機は重宝させてもらっている。そのコピー機を君と買いに行ってから八年になるのだなあ。

ずいぶん有効利用させてもらっているのだが、近頃、ちょっと何だかご機嫌が悪くて。

いつもだったら、「コピー、写らへんでー」と言っているわたしなんだが、もう君は昇天してしまったから、しょうがないなあと、放置しておいた。
二、三日して、も一度やってみると、白紙ではなく、きれいに写っている。
「写った、うつった」

わたしは、手をたたいて喜んだ。

でも一週間後、十日後となると、写らなくなる。その頻度も速く、「こりゃ駄目だな」と、友人に頼んで修理に連れていってもらうことにした。

＊

すると、店員さんは、「これは寿命ですね。もう五年を、とっくに過ぎていますよ」と、いとも素っ気なく言った。

「コピーは五年が寿命なの。そんなに早く」

「修理させていただきたいのですが、部品がないのです。申しわけございません」と、ぽつりんと言った。

こんなコピー機は、五年を目処《めど》に製造しているようだ。新しい部品を取り付けることができないようにしてある。つまり、そうすることによって、会社が成り立っているということなのか。

人間、わずか五十年と言われていたが、今は百年になろうとしているのに。

医療の研究の素晴らしさに反して、調度品の短命には驚き、心痛む。

物も使用することによって、命があるがごとく愛着も湧いてくる。君への思い出も重なって。初めから、決められた寿命で物品を作るのは、なんと悲しいことか。製造会社が生き延びていくには、そうせざるを得ないことだろうが、わたしは、どんな命も大切にしたく思う。

＊

わたしは廃品利用が大好き。前にも書いたが、ちょっとした工夫で、素晴らしいものに生き返る。黄泉《よみ》からの蘇生《そせい》だ。

昔、お粥《かゆ》を掬っていたお玉《たま》の杓子《しゃくし》が、台所の片隅にある引き出しに静かに眠っていた。「早く起きろ、おきろ」

杓子の丸いところは顔に、柄《え》のところは衣裳。かわいいこけしに変身。

以前よく祖母は味噌づくりをしていた。壺に出来たての味噌を入れ、黴《かび》が生えないように、半紙をかぶせ、手でトントンと、びっしりと敷き詰める。

まるで頬辺《ほっぺ》をさわっているようで、とっても気持ちいい。これは、いつもわたしのお役目。

丹精こめて作ったお味噌は、なつかしや。祖母の面差しが目辺《まあたり》にうかぶ。

捏《こ》ねこねて　味噌づくりする　ばあばんに
寄り添ふてをり　かつて今なほ

アクリル絵の具の白色で、壺一面に散らしてみた。

祖母と二人、楽しい嬉しい時が戻る。


近頃、蚊もいなくなった。蚊帳は、押し入れに仕舞われた。

「さあ、出ておいで、でておいで」

切断して暖簾《のれん》に、そして、タペストリーに、壁かけ、机かけなどの装飾用として。

透明感のある蚊帳の素材は生き返ったがごとく、涼しげな風を呼び起こす。

6個入りチーズの箱、菓子箱、線香箱なども、季節感溢れる絵と文字を添えて、洗面所にトイレに吊るす。


「今日も元気かい」と、お話しできそうだ。

箪笥に仕舞ってある帯芯《おびしん》も、ちょっと蝋纈《ろうけつ》染めにして、佛さまの線香台の下敷に。

わたしが中学三年生の時に、初めて日本画の師に教わって蝋纈染めをしたのが番傘の絵柄。今も佛さまの御前《おんまえ》に敷き、鈴《りん》と鈴棒《りんぼう》置《お》きに。

ずいぶんと、年月を経ているが色褪せもせず。


高級料亭の長い割箸を十三本使って色紙額に。箸を扇面形に並べ、接着剤でくっつけてその上に好みの色塗りをし、ニスを施すと、完成。これもまた、粋な飾りものに。

世界に一つしかない個性豊かな作品が、廃品が息を吹き返す。こんな嬉しい楽しい時はない。


食べ物だって、捨てるものなし。

南京（かぼちゃ）の種を乾燥させて、粉砕機《ふんさいき》にかける。

不思議ふしぎ、あんなに堅い種が、ふわふわきれいな薄緑色。お味は、ほんのり甘い。わたしは、納豆に入れてみる。納豆の臭みもなく、少し、パサパサ。そこで、梅干し、黒ゴマ、エゴマ油など入れてよく混ぜる。すると、美味しい健康食品の一品、出来上がり。


りんごの芯と玉ねぎの茶色の皮を煎じると血圧を下げる効果あり。りんごの芯のほのかな甘みと玉ねぎの皮の多少の苦みも濃《こく》があって美味しい。またりんごの皮も、キウイ、レモン、バナナ……などをフードプロセッサーにかけ、オリゴ糖で煮つめ、その時、粉ミルク、ココアをプラス、栄養満点のジャム完成。

捨てる食べ物は、人間の体の中で生きいき、そのお陰で寿命も延ばしてくれるだろう。

すべての命は、無駄にせずに。

＊

駄目だよ、寿命だよ……と言われたコピー機、おや、また、きれいに写っているよ。

君の魂が動かしてくれているのかな。


頑張りがきかなくなったものに息を吹き掛け、粘り強く「これでもか、これでもか」と、有効利用したいものだ。

今の時代、物に対する愛、執着心がない。「もう終わり」と、あっさりとしたものだ。

祖母の時代から考えると、明治から今日まで、時は流れ、人も時代と共に変わってゆく。

だが、いつの時代でも、この生き方が最高とは言えないだろう。

「物を大切に」という言葉も、遠い昔になってしまったが、今の時代に合った新しいものが、乾燥機、粉砕機、コピー機……と、昔では考えられなかった精密さで、しかも手っ取り早く……となると、機械の寿命も、とやかく言っておられないが、神さまから頂いた命のキップは、大切に、大事にしたいと思う。

若い時は、歳を隠さず

若い時は歳を隠さず、そして歳をとると歳を隠す。何故だろう。

叔母の息子が幼稚園に通っていた時、友達の母に、「君の母さん、何歳なの」と聞かれて、「キリンだよ」と言った。すると、「キリンなんてないよ」と言われ、泣きながら帰ってきた。そして、「母さんの嘘つき」と言って喚く。子供に嘘つきと言われ、叔母は、どうしようもなく落ち込んだということ、わたしも不思議に思ったことがある。

＊

わたしは幼い頃からお片付けが大好きだ。整理整頓は、さっぱり気持ちがいい。絵本を読んだ後は、きちんと本箱に仕舞っておく。おままごとの道具だって置く所がちゃんと決まっている。だから、どこに何が置いてあるか、すぐわかる。

時折、母とお出かけした留守に母の兄の娘が来て、絵本を読んだり、玩具《おもちゃ》で遊んで帰っていく。後片付けは、ちゃんとしてあるのだが、置く場所が少々違っている。

「うちの玩具《おもちゃ》、誰か、触ったん」と言って泣き喚く。

祖母は、「おばあちゃんと一緒に片付けような」と言って、わたしのご機嫌をとろうとするのだが、拗《す》ねて箪笥の隅に隠れてしまう。

擦《す》った揉《も》んだしていたところへ、生命保険の営業のおばさんが入ってきた。

「嬢ちゃん、隠れん坊しとるのかい。足見えとるで……。嬢ちゃん偉いなあ、ちゃんとお片付け、自分でしてるんで、置き場所も、ちゃんとわかっとるやねんな。なかなか、お片付けはできんもんや。嬢ちゃん、出ておいで」

わたしは、泣き出したら一時間は泣き止まない。いつものことだ。

そろそろ一時間も経つ頃には泣き疲れて、ひっく、ひっく、泣きじゃくっていた。

おばさんは、母と何かしゃべっていた。そして、わたしに話しかけてきた。

「お嬢ちゃん、いくつ」

「七歳です」

「七つにして、お片付け、大したもんや、ええ娘さんになられるわな。わたしなんかやりっぱなし、いつも家の中、散らかってますがな。ハハハ、ハハハ……」

と言って、笑っていた。

ようやく機嫌もよくなり、祖母と、元の置き場所へお片付けが始まる。

おばさんは、母との話も終わったのか、

「嬢ちゃん、またね、バイバイ」と言って立ち去っていった。いつもわたしに語りかけてくれる気さくなおばさんだった。

「さあさあ、ちょっと一服、この太鼓饅頭、美味しいよ」と言って、祖母手作りのおやつを、お盆に載せて持ってきてくれた。

祖母・母・叔母・わたしのみんなで、美味しいおいしいと食べながら、おしゃべりする。

「わたしのこと、お片付けできるって、えらいなあと、褒めてくれたでしょ。あのおばちゃん、お片付けしないの」

「お仕事で、毎日出歩いてなさるのでな、お片付けする間がないのかもよ」

「だって、お片付けって、取り出してきた所へ、ちゃんと直せばいいんじゃないの。そんなに時間はかからないわよ。あのおばちゃん、いくつなの」

その時、母は、こっち向いて、こう言った。

「もういいよ、そんなこと、言っちゃ駄目」

「だって、おばちゃん、わたしの歳いくつって聞いたよ」

「そうね、でも、おばちゃんのお歳は、聞いちゃだめ。エッちゃん、褒めてくれたじゃない、それでいいんだよ」

＊

いつか交わしたこんな会話を思い出していた。子供は歳を聞かれると、即答する。

大人は、とくに女性は、自分の歳を公表しない。何故なの。

歳より若く見られたいから。いいえ、いい歳をしているのに、こんなこともできないのかと思われるから。

一年毎に、みんな平等に歳をとる。歳に何か秘密のようなものがあるのだろうか。人は皆、一生懸命生きている。今日よりは明日に、明日よりは明後日に……と、高齢になるにしたがって経験も豊かになり、人との出会いも重なって、人間らしく熟していく。最期は素晴らしいものに変身したいものだと思う。

時よ、待て、まて、止《とど》まることなし

「また夜か、わたしの大嫌いな夜が来たな」

いつものわたしのつぶやき。

そっと洗面所の窓から外を覗くと、お向かいさんとこも、お隣さんとこも、雨戸のシャッターが下りている。

「母さんも、君も、どこへ行っちまったのだ。ひとりぼっちだと、寂しいよ」と言いながらも、時は、どんどん過ぎていく。

母が逝って十二年、君が逝って七年になる。人生わずか五十年と言われていた時から、今は百年だ。しかしわたしの人生も日に日に残り少なくなっていく。毎日、寂しい思いをするなら、早くそちらに行った方が楽かもしれないけれど、いやいやわたしには、人間としてまだまだすることが山ほどある。今度、何に生まれるかわからないし、いやいや生まれ変われないかも。さあ、今のうちに、あるだけの力を振り絞って、わたしの思いを、わたしの切なるつぶやきを、書き記しておかねば……。

「時よ、待て、まて、待っておくれ」と言いながら、いつの間にか眠りの世に入っていく。またしても、「時よ、待て、まて、待っておくれ……」と、わたしはつぶやく。

おやおや不思議ふしぎ、不思議なことってあるものだな。眠っているわたしの、ほんそばに寄り添ってくる何者かが。

うっすら目を見開こうとしたが、目が開かない。けれど何かわからないが物体らしきものがいる。

「あんた誰なの」と言っても何も答えない。目覚し時計が、カチカチ、カチカチと、時を刻んでいるだけ。

＊

うっすら窓辺が明るくなってきた。

「おや、いつの間に」と思った途端、わたしのそばで、早くはやく……カチカチ、カチカチと急《せ》からしか、時はわたしを急《せ》き立てる。

「おや、そうか、そうか、謎の正体は、お前だな、カチカチ、カチカチと、時《とき》くんか」

＊

早くも陽は昇り、朝食の用意。先ずは神に白湯《さゆ》を、佛にパンに自家製のジャムをのせて、シナモン入りヨーグルトにはレーズン、クコをのせて、飲み物は牛乳、もろみ酢、蜂蜜を撹拌させて発酵させたもの。そこにチョコ三枚と6Pチーズ二分の一切れをあしらってお供えする。

今日は、書絵画塾の自宅稽古日だ。子供たちがやってくる。門を開き、用意万端。何やかやしていたら、おや、もうすぐ昼だ。時くん、少しは、ゆっくり、ゆっくりとね。時くん、どこへ行ってたんだ。……というわけでわたしから遠ざかり、そして、近くに寄り添う。

時は、本当に不思議な存在だ。

＊

わたしが生まれてからこの方、時くんは、ゆっくり、ゆっくりだったのに、近頃は、とんと足早になったね。

駄目だめ、落ち着いて、おちついてね。

その時、どこからか母に手を引かれて、よちよち歩いているわたしがいた。母に寄り添って一生懸命歩いていた。

母はその手を離して、わたしを置いてきぼりにして、どんどん先にさきにと。

「お母ちゃーん、待って、まってよー」

と、泣き喚き、母を目で追う。

わたしの体は、まるで無重力のように、ふわーふわーと、浮き上がり、何処ともわからない道を、手探りで歩いていた。

草むらに差し掛かった時、葉っぱに一粒の雫が、まるでビー玉のように光っていた。

わたしはその時、美しい透明な雫の中に入ってゆきたい衝動にかられて……。

そう思っていたら、いつの間にかキラキラ光るビー玉の中に不思議と、わたしは入っていた。

美しい居心地のよいはずのビー玉の中は、空気が遮断されているのか、苦しくて、くるしくて、息ができなかった。踠《もが》き、もがいて、やっとの思いで、そのビー玉から脱出することができたが。

これまた、不思議、ふしぎ、遠ざかっていってしまったと思っていた母がわたしのそばにいる。そしてまた、遠ざかり、とおざかり、近づいて、パッと消えてしまう。

何と、不思議なことってあるものだな。これが魂なのかもしれないなあ。

時は戻り、また遠ざかる。時は止《とど》まることなし。

魂はどこにでも入ることができる。体は、トコロテンのように溶けてしまって、また次のところに宿って生き続けるのだ。

嬉しいことあらば、嬉しい、楽しいと、心弾ませ、嬉しい涙を流す。

腹立しいことあらば、目を吊り上げて、まるで仁王尊像のように、いかめしい姿。

心という文字を書いて、刃で切り裂く。魂は太古より、このようにして生き続ける。

そんな時も、時は止《とど》まることなし。

お便りにいさん

　ブルンブルン、ウーウーと、バイクの音が聞こえてくると、母はにっこり。楽しい嬉しい時だ。八十歳にして脳梗塞になった母は、幸い右手には麻痺はなく、毎日絵手紙を描き、文通が何よりの楽しみだった。この方も、あの方にもと。

「咲いた、さいた、蓮華の花が咲いた。娘と歩いた田んぼ道」

　こんな絵手紙をもって、玄関口でお便りにいさんを待っていた。

「はい、どうぞ、おばあちゃん」

　孫のようなお便りにいさんの笑顔に癒やされて嬉しそう。

　そんな時は過ぎ去り、母が逝って早十二年だ。

　わたしはいつも急《せ》からしかだ。今は知らぬ間に、郵便受けに入れられている。味気ないこと。

　あの時は、よかったなあ。母の笑顔は、最高だ。

　お便りにいさんの笑顔も、温かくて素晴らしかったな……と、思いを巡らしている時、ふと、天国へ手紙を送るポストがあることを思い出した。

　出してみよう。届くといいが、届いてほしいな。

浮遊する母の魂　何方《いづかた》か
便り届けたし　黄泉比良坂《よもつひらさか》
（黄泉比良坂は、この世とあの世の境界と『古事記』に記されている）

浮遊する
母のたましい
いづこか
便り届けたし
黄泉
ひらさか

銭　湯

祖母、母、叔母、わたしの四人家族で、大阪堂島毎日新聞社の裏手通りに居住していた。わたしは甘えん坊で友達と遊ぶことができず、遊んだ後は、必ずと言ってよい程、熱を出した。

夕方になると、祖母、叔母と連れ立って、銭湯に行く。わたしにとって何よりの楽しみだった。脱衣場には、木箱を積み重ねた戸棚が並んでいて、そこに脱いだ服を入れるのだが、その箱の一つ一つの扉に、漢数字が「壹」「貳」「參」「肆」「伍」……とあり、叔母に教えてもらったように、声を出して読みあげるのがわたしの日課。

そんなある日、銭湯に入ってこられた年輩のおばさんたちが、声を掛けてきた。

「まあ、嬢ちゃん、いくつ」

「五歳です」

「五歳にしてこんな文字が読めるなんて、素晴らしいわ」と褒めて下さった。

それ以来、わたしは文字とお友達になる。盥《たらい》の中に入り、洗濯板を渡して、そこで字を書いたり塗り絵をしたり。祖母が竈《かまど》でご飯を炊き、お焦《こ》げでお握りを作ってもってきてくれる。机代わりの洗濯板は、お膳に早変わり。楽しい思い出が甦る。

わたしの宝物（筆箱の思い出）

誰にも奪われない宝物を、わたしは沢山持っている。他の人にとっては、二束三文なんだけど、わたしにとっては、何物にも代え難い大切なたいせつな、大事な宝物なのだ。

生き物は生まれて此の方、さまざまな人、いろいろな物に出会い生きていく。そして、いつかは昇天するのだ。昇天してしまった魂には、二度と会うことはできない。だから思い出は、大切で大事なものなのだ。

物にも命が宿るとは不思議だな。

＊

わたしのお宝である「筆箱」のお話を書く。

わたしは大阪堂島で生まれた。祖母、母、叔母とわたしの四人家族。祖父はわたしが生まれる三年前に病死。母は、日舞、洋舞で、祖父に代わり生計を立てていた。その間、祖母、叔母がわたしの面倒を見てくれていた。母は四人きょうだい（兄、弟、妹）で、お互い、仲よく助け合いの生活。

大人ばかりの中で育てられたためか、わたしは、甘えん坊で、どうしようもない子だった。

友達と遊ぶこともなく、祖母、母、叔母に見守られて、おはじき、おじゃみ（お手玉）、おままごとをしたり、また、よく堂島川に遊びにも連れていってもらった。なつかしいなあ。

くっきりと川面にうつる阪大病院（わたしが生まれた病院）も、ポンポン船が通ると、スーッと消えてしまうのは不思議ふしぎ。

堂島川の畔《ほとり》でタニシとりをしたことも、つい先程のことのように思える。

空襲も激しくなってくると、そんな悠長なこともやっていられない。

玄関を入ってすぐの台所続きの居間の床下に掘られた防空壕も危なくなり、梅田駅までみんなで避難しに行った。その時わたしは、ランドセルがないと泣き喚き、伯父が取りに行ってくれたことも思い出される。

叔父は戦地に行った。伯父は小柄な故徴兵検査で不合格となったが、生来《しょうらい》の明るさで、当時アルボース石鹸会社に勤めていたが、ある時、病院で看護する方と巡り合い、結婚し、小回りのよい機敏さでもって、荒物商を営み自立した。

わたしが堂島小学校入学寸前、太平洋戦争がさらに激しくなった。昭和二十年三月十三日の深夜から翌日未明にかけて二百四十七機のＢ29がＭ69焼夷弾三十七万発を投下し、その後も次々とＢ29の来襲を受けて、大阪市街地とわが家は壊滅《かいめつ》的な打撃を受けた。

この大阪空襲のあった日は母の誕生日で、祖母は前夜、糯《もち》米を水に浸し、小豆も茹でて赤飯を炊く用意をしていたのだが、それどころでは、なかった。

裏庭から火が回り、わたしの背丈ほどもあったフランス人形は可愛い顔をしてこっち向いていたのに消滅した。

戦火に見舞われたわが家を後にして、恐ろしい太平洋戦争から逃げるように、わたしたちは、祖母の兄さんの家がある摂津富田に疎開した。

リヤカーに大切なものを積み込み、わたしはその荷台に座って移動した。

小学校二年生のわたしは、堂島小学校から摂津富田の三島小学校に転校した。

祖母の兄さんの家は立派な家だった。朱塗りの板壁が張られ、表門を入ると、庭木が家を覆《おお》っていた。裏口を出ると、納戸小屋があり、その前には、今まで見たこともない釣瓶《つるべ》があり、そのそばには、大きな木蓮の木が植えられていて、釣瓶の上のトタン屋根に秋になると、木蓮の大きな葉っぱが、ポタンポタンと落ちる。誰かが話しているようだった。

納戸小屋では、祖母の兄さんは味噌作りをし、裏庭の畑では、ちょっとした野菜や季節の花なども育て、また、五、六羽ほどの鶏も飼っている。その真左横に、六畳程の二間の物置がある。

これがわが住処となる。台所はないので物置の横にトタン屋根をあしらって、祖母の兄さんと祖母、母、叔母のみんなで台所らしく作られた。

トイレは業者に頼み、ひとまず、生活できる段取りがついた。

小学校二年生のわたしは、三島小学校でこれから頑張らねば……。

堂島小学校とはちがい、産業国道を歩いてゆく道すがら、道端には名もなき花が咲き、虫の声、スズメ、カラスの鳴き声も身近に感じられる。

近くに神社があって、木々が茂っている。木登りも、すがすがしい気持ちになる。夏には木の上で本を読むのは最高に楽しい。徐々に自然が泣き味噌のわたしと遊んでくれた。

そんなある日、終戦を迎え、天皇陛下のお言葉をラジオの前で聴く。

そのラジオ、七十七年経った今なおわたしの家にある。

中身のラジオの部品は壊れたので取り出し、表のデザインの部分、木の隙間には母の着物の端切れが貼られ、以前と同じような姿で本箱の上に座ってなさるよ。

戦争は駄目だね。大切な命をなくさないよう、みんな仲よくせねばね。このラジオも、そう語っている。

このラジオも、わたしのお宝の一つだ。

＊

祖母の生まれは、徳島である。

小さい時、憤《むずか》ると、祖母はいつも狸の話をしてくれた。狸は「分福」と言って福を分け合う習性がある。他の動物と異なって、一つのものがあれば、みんなで分けわけするのだ。決して奪うことはしない。

祖母の一族もこの狸のように分けわけする仲よし精神をもっていた。だから、祖母の子供（兄、母、弟、妹）も常に労《いたわ》る心をもち続けている。

わたしが大の狸好きになったのも、祖母から聞かされた狸の心意気に感服したからだ。

狸を人に見立てて描いた「狸人戯画」の絵は、一生懸命、狸の動作を描いたものだ。

こっち向いてねと言うと、あっち向く。走ってきてねと言うと、寝そべってしまう。なかなか、わたしの言うことを聞いてくれない。何度もなんども描きまくる。すると、今は、わたしの言うことをよく聞いてくれるようになって嬉しいよ。

拙作ながら、狸人戯画集を出版することができて嬉しかった。それから絵本、童話の本と、次々と構想が湧いてくる。

戦地から帰ってきたわたしの叔父（平成十九年三月二十八日没）が滋賀県甲賀市の善福寺の住職をしている時、寝狸を見に行った。横になった狸の大きなお腹の中で、いろいろなものが売られていた。その時、わたしは「そうだ、この大きなお腹の中で、狸芸者が三味線を弾き楽しく踊っている姿を描こう」と思った。

S80号の大きなキャンバスに描くわたしの喜び。

「みんな皆　よっといで　分福亭の　狸おやじは　みんなに幸せ分かちあう　土手っ腹太い　狸です」

この寝狸を、狸の里に返してやろうと思い、滋賀県甲賀市の教育委員会に連絡をとる。

拙作ながら快く受け入れて下さり「あいこうか市民ホール」に、続いて「ポンタの紙芝居」（F30号）も展示していただき、狸たちも喜んでいる。わたしも嬉しくて、うれしくて。

それから間もなく教育委員会の人が自宅においでになり、お土産に銘菓「忍者もち」を持ってきて下さった。何とお礼申してよいか。

縦十八センチ、横三十センチ、高さ二十センチ、この「忍者もち」の箱に、わたしの宝物を入れようと思った。

次々と、大切なわたしの宝物を入れて、今は満杯になっている。

その中の一つが、忘れられない「筆箱」である。

三島小学校二年生で終戦を迎え、それからは、進駐軍が車に乗って道路を行き来していた。車が止まったかと思ったら、子供たちがわっと集まって、進駐軍が子供たちにチョコレートを次々と与えていた。

何やら英語でしゃべりながら、にこにこ顔で。わたしは恐がりやなので、遠くから、その光景を眺めていた。

そんなある日、学校で、先生が教卓の上に荷物を置いて、「皆さん、これは、アメリカの進駐軍の方が、皆さんに差し上げて下さいと言って、持ってきて下さったのよ。筆箱です」とおっしゃって、一人ひとりに配られた。

丈夫なアルミ缶を筆箱に仕立てたもので、表の蓋《ふた》のところには、日本の五重の塔が描かれていて、赤い紅葉《もみじ》が添えてあった。

セルロイドの筆箱から鉛筆をとり出して、頂いた筆箱に入れ替えた。

ランドセルに仕舞って走ると、カタコト、カタコトと、音がした。

お互い、戦争では激しく戦ったが、こうして、筆箱を与えてくれるやさしさもあるのだな。進駐軍は怖いと思っていたが、大事に使わせてもらおうと思った。

家に持って帰ると、母は鉛筆の芯が折れないように、筆箱の鉛筆の入るところに端切れを敷いてくれた。いい塩梅《あんばい》になった。

人の命は短い。その命を大切に。世界の人たちとも仲よくありたい。

五重の塔の筆箱、今はなつかしい思い出の品。もう七十七年になるが、わたしのお宝の箱に静かに眠っている。

この度、朝日新聞で筆箱の思い出のエピソード募集を見て、わたしのお宝、玉手箱を、そっと開いてみた。いつの間にか、わたしは幼い頃の自分になっている。不思議だな。

良かれが、悪しきに

喜怒哀楽、人生において、神さまはうまく配置なさっている。

オギャーと生まれ、みんなに愛され、育まれ、育つ赤ん坊。そのために赤ん坊は、可愛くできているのだな。どんどん成長して、お兄ちゃん、お姉ちゃんになり、青春期を迎え、結婚して、お父さん、お母さんに……。最後はおじいちゃん、おばあちゃんになって一生を終える。

年齢に応じて、それぞれの区切りができる。

人間の成り立ちの面白さも味わえるとか何とか言って、自分は、すでにその老人の齢《よわい》になっていているのは不思議だな。

自分はまだまだ、そうじゃないと思ってしまう。人間っておかしなものだな。

スーパーに行って、沢山の買い物をしてレジに並ぶ。レジ係の人はいっぱい食品を入れた籠を軽々と抱え、段取りよくレジ打ちをする。そして、終えた後、サーッと、山盛りの重い籠を持ち上げたかと思うと、トットと、客が荷物を整理する台の上に運んでくれた。

ほんに、あっという間だったが、その瞬間嬉しく思う反面《はんめん》、なんだか、寂しい気持ちになった。

わたしの姿が老人に見えたから手助けしてくれたのだろう。わたしにとっては、老人は、まだまだ先のことと、思っていたが、もうしっかりと、老人になっていたのだな、と思わずにはおれなかった。

そうだ、思い起こしてみれば……わたしは、祖母が大好き、母が大好きで、ほんのちょっとしたことでも、手助けしていた。

高い所の物をとったり、荷物持ちなども、「こんなことくらい、できるがな」と、祖母、母は言って笑っていたが、わたしは、祖母、母のその時の表情を読みとることができなかったのだ。今になって「悪いことをしたな」と思う。

良かれと思ってしたことが、悪しきにつながるとは、このことだな。でも思う。わたしは、祖母、母とはちがい、自分は一人なんだということを忘れないで、心して、これからも生きぬかねばならない。

「頼ったらあかん、たよったらあかん」は母の口癖だった。が、今になって深く心に沁みる。人さまに迷惑をかけないように元気で最期まで生きなければと。自分がそんな齢になったということは、まだ実感できていないが、祖母、母の真の言葉が、今になって、わたしの心の中に甦ってくる。

これが最期を迎える人生なんだな。

神がなせし業とはいえ、「ああ、よかった」と終止符を打てる、そんな最期を迎えたいと、切に思う。

霊の見守り

冬の日は早く暮れ、まだ五時すぎだというのに、あたりは薄暗く。今日は出稽古の日だ。帰宅した時、鍵穴がわかりにくいので、いつも鞄に懐中電灯を常備している。だのに、今日は、何故か明々と、外灯が点っていた。

おや、どうしたのかな、点けていった覚えがないのになあ。

「おかえり」と言ってくれているみたいだな。まあ、いいか。

そして数日して、その外灯（蛍光灯）がピラピラ、ピラピラと点いたり消えたり。もう切れるのかなと思って、その蛍光灯の枠をはずして中を見てみようと思ったが螺《ねじ》が堅くて外れない。

玄関の外灯は、丸いのと、長方形のと、二つある。まあいいか、切れたら切れた時のことと思ってそのままにしておいた。すると二、三日して不思議ふしぎ、くっきりと、ピラピラもせず灯が点っている。

今度はチャイムだ。

郵便受けに不在連絡票が入っている。何故？　今日わたしはずっと家に居てたのに。どうしてどうして、聞こえなかったのだろう。

「チャイム鳴らなくなったでー」と、いつもだったら君に言うのに、君はもう昇天してしまったからな、しょうがないなあ。
二、三日して考える。早く直してもらわないと、また不在連絡票が入ると困るし。丁度、出稽古に行く途中、電気屋さんがある。立ち寄って頼んでみよう。すると、「今ちょっと忙しいので、すぐには寄せて戴けませんが店主に言っておきます」と店員さん。
帰宅して、夕飯の仕度をしているとチンコン、チンコン……と鳴った。誰かいらっしゃった。おや、鳴るじゃないか。不思議なこともあるものだな。それ以後、年末にかけて、贈り物も多々あって、その都度チャイムは、よく鳴った。

「チャイムが鳴らないよー」と遺影の君に言ったので直しに来てくれたのかな。

今日は、自宅の書絵画塾の教室の日だ。

硯、墨、筆洗いの水、半紙など用意していたら、いきなり塾生がやってきた。

「先生、きのうの朝の地震、揺れたやろ。怖かったやろ」と、目をくりくりさせて言った。

「ええっ」わたしは不思議な顔をした。

「そんなの、ちっとも知らんかったわ」

「そうなの」と、塾生はきょとんとした。

「知らんかったの、よう寝てはったんやね」

次々と来る塾生たち、ご近所の方々も、同じようなことを言って驚いていた。

普段、至って怖がりのわたしは、ちょっとのことでも敏感でいるのに、何故、震度3がわからなかったのだろう。

真夜中ではなく、朝六時半頃だったというのに。それから何の故障もなく外灯も明るく点き、チャイムも元気よく鳴っている。

不思議ふしぎ、魂は生きているのだな。怖がりのわたしが一人でいられるのも、祖父母、養父母、伯父母（母の兄夫婦）、伯父後妻、叔父母（母の弟夫婦）、叔父母（母の妹夫婦）、君の父母、君の叔母、君……十五體と、大師、地蔵、観音、法然上人、浄土宗坊毘沙門天、虎、狸……に守られているからこそ、日々を恙《つつが》なく過ごさせて戴いている。

遺影はやさしく微笑み　我を癒やせしむ
ナムアミダブツ　ナムアミダブツ

温かく我を見守る奇妙な夢

ショーウインドーが並ぶ商店街を母と二人で歩いていた。午後四時過ぎ頃だったろうか。客足は跡絶《とだ》え、深閑としていた。

母の足並みに合わせて、ゆっくりと歩いていた。骨董品店のショーウインドーには木彫風の置物が、所狭《ところせま》しと並べてあった。そのガラスに淡く二人の姿が映る。母とわたしの幸せな時間だった。

店内を覗き見することもなく、とぼとぼと歩いていた。

しばらく行くと、川が見えてきた。そして、十二、三人余りの人だかりに、指揮者が一人いて、何か頻《しき》りに合図していた。到着したわたしたちもそのお仲間に入ると、早速にわたしが呼ばれた。

「娘さん、そちらの岸辺でお待ち下さい。もうすぐ船が入ってきます」と。

わたしはすぐさま「はーい」と言って、母の手をとり岸辺に向かおうとした時、指揮者が、

「ちょっと待ちなさい。あなただけ、行って下さい」と言われた。

なぜ？　わたしは不思議に思った。

「母と二人なんですが」

と言うと、

「あなただけ乗っていただきます」と指揮者。

「母を置いてなぜ、わたしだけ、そんなこと？」

と言うと、

「以前はそうだったかもしれません。しかし今はあなたの住む世と母上さまの住まわれる世はちがうのですよ」

指揮者は涼しげな顔で言った。

「お母ちゃーん、おかあちゃーん」

大声で泣き叫んだ。

そこで、自分のあまりにも大きな声で目が覚めた。

「ああ、夢だったんか」

わたしは頭からぐっしょりと汗をかいていた。なぜ、あんな夢を見たのだろう。

わたしの脳裡はぐったりと疲れ果てていた。そして、またいつの間にか闇路《やみじ》を彷徨《さまよ》う。

＊

不思議ふしぎ、魂の抜け殻となった母のまわりを、まるで空中を舞っているように、伯父、叔父、叔母がふわふわと浮遊していた。

「エッちゃん、エッちゃん、心配ない、しんぱいないよ」と言っているように。そして、

「あんたはまだあの世でなくこの世で、もっともっと書き続けなさい。心ゆくまで書き続ければいい」

と言ってるのかな。

あの世とこの世、三途の川……とは本当にあるのだろうか。

祖母が「死んだら冥土へ行く時渡ってゆかねばならない三途の川。その時渡る賃として棺に六文のお金を入れておかねばならないのだよ」と言ってたことを思い出した。

この三途の川は緩急の違う三つの瀬があって岸には奪衣婆《だつえば》（鬼ばば）がいて着衣をはがれるとも言われている。

あの世って恐ろしいところなんだな。思うようにできない時など、軽々しく「死んだ方がましだ」と人は言うけど。

どの世界も難しいな。

衆生が死後に行くべき六種の苦界。

地獄、餓鬼、畜生、修羅、人間、天上の六趣。辞書によると、六道輪廻《りんね》（衆生が生まれ変わり死に変わりして六道の間を経巡《へめぐ》ること）と書いてあった。

＊

祖母がよく言ってたな。

「自分にしてもらって嬉しいと思ったことを人様にせなあかん」

母も言ってたな。

「芸に対する欲は、とことんすればよいが、物欲は人のためにはならへん」

何気無しに聞いていた言葉の一つひとつが今、新鮮に蘇《よみがえ》ってくる。不思議だな。

祖父母の温かなやさしい心が、その四人の子供、母の兄、私の母、母の弟、母の妹に伝わり、また、その素晴らしい真心で育てられたわたしがこの世に。

こんな幸せ者はないだろう。

あの世もこの世も難しい。今までの自分は、できないことあれば、ワァーワァーと泣くしかなかった。

今この歳になって目が覚めた如く、しゃきっと、先達の手本を無駄にせず、生き抜こうと思う。

奇妙な夢も夢ではなく、あの世に逝ってまで無知なわたしを温かく見守ってくれている祖父母をはじめ、母、伯父、叔父、叔母の魂は死することなく浮游している。

有り難う、ありがとう、ありがとうございます。

ナムアミダブツ　ナムアミダブツ
ナムアミダブツ　ナムアミダブツ
左手に数珠を　右手に鈴《りん》棒をもって打ち鳴らす。

合掌

何故泣く

今日は母の月命日だ。生前、母が大好きだった甘酒と、牡丹餅《ぼたもち》を供える。

甘酒は、体によい健康食だが、煮た糯米《もち》と十六雑穀に麹菌を加えて発酵させる。程好い温度で発酵させ、甘みが出てきたら完成。小分けにしてビニール袋に入れて、使用する以外は冷凍。使用する一袋は鍋に入れ、適量の水を加え煮る。最後に、生姜を加えて美味しい甘酒が出来上がる。

牡丹餅は餡入りで、黄粉（シナモン入り）をまぶす。餡は、白糖とオリゴ糖半分ずつ、そこへ、黒糖少々を加える、といった塩梅《あんばい》で、いつもながら健康面ばかり考えすぎて、お味は今一つになっていないか、少々気掛かり。母の遺影に向かって「ごめんなさい」と、苦笑する。

完璧主義の祖母の血を受け継いだのだろうか。その時、ふと思った。

オギャーと生まれて、人は何に向かって生きていくのだろう。

眠り、食して、また眠り、食して、みんな生きものは、同じことを繰り返して生きている。だが、心は、というと、皆同じではない。自分自身も、時により異なり、同じではない。嬉しいことあらば、喜び、悲しいことあらば、心塞ぐ。みんな千差万別。

祖父母の人生、母の人生、わたしの人生……みんな異なって、最期に終止符を打って昇天する。

辺《あた》りを見回したら、みんな皆、すっきり、こっきり昇天して、わたしも、いつの間にか高齢になっている。

寂しさ、悲しさのあまり、もう泣き喚くこともできない今、早くもわたしも昇天したい気持ちにもなる。いやいや、まだまだ、昇天するのは駄目だ。人生に終止符を打つ備えができていないじゃないか。この世に生かせてもらって「有り難うございました」と、頭を垂れることができていないじゃないか。と、自分の腑甲斐《ふがい》なさに心痛む。

怖がりやの自分が、今こうして一人で生きておれるのは、書、文、絵と、覚束《おぼつか》ないながら母に習得させてもらったお陰かも。わが家が心の居場所となり、書絵画塾生たちに心和まされ、生きる力を与えてもらい、現在に至っている。

幼い頃よりわたしの心を感知し、生きる道しるべを与えてくれた母の偉大さに頭が下がる。

祖母がよく言ってた母の幼い頃のことを思い返す。

母は、初めからあのような気丈な人ではなかった。甘えん坊で、ほんに無垢な子供だったそうな。

兄の次に生まれた女の子、色白のとっても可愛い子。母の祖母にも溺愛され、当時は、習い事と言えば、日本舞踊だった。この頃より生まれながらにして、芸の世界に身を置くことを神から授けられたのであろうか。続いて、弟が生まれ、妹が生まれ、四人兄弟姉妹になった母は、やっぱり甘えん坊だったたが、四人とも喧嘩することもなく、やさしい労る心をもっていた。

祖父は、鞆の浦の料亭で事務を務めていた。向こう見ずのお転婆の祖母は、行儀見習いとして、祖父の働く料亭で、お茶子として勤めることになり祖父との出会いとなった。一見、気性の激しい祖母だが、ただ気性が激しいということだけではない。正しいことは正しい、間違っていることは駄目と、一途に心を通す祖母にやさしい祖父は心打たれたのであろう。そして、四人の子供に恵まれ、仲睦まじく暮らしていたのだが、神は、平穏なだけで人生を終わらせなかった。

ある夜、祖父は、用足しをしようと思って立ち行き、台所の片端にふと目をやると、一匹のネズミがゴキブリを狙っていた。祖父は一瞬、かわいそうが頭を過《よぎ》り、ゴキブリを逃がそうとしたところ、ネズミに手の甲を噛みつかれ、その恐ろしさのあまり、脳梗塞になったという話を聞いた。

普通では考えられないくらいの祖父のやさしさ、何ということだろう。その後、それが原因で帰らぬ人となってしまったのだ。

兄は、アルボース石鹸会社に勤めていたが、生計を立てるのに、母はのほほんとしておられず、今まで身につけた芸事を生かせることを考え、芸の世界に入る。

踊りが大好きだった母の、洋和舞踊と三味線人生の本格的な始まりの幕が開く。

洋舞もできるので宝塚歌劇団を目指し応募したが、声がガラガラで歌の方で駄目ということで採用に至らなかった。が、松竹座に身を置いた。

やがて太平洋戦争が激しくなり、大阪堂島の毎日新聞社の裏手に住んでいたわたしたちは、戦火が猛威をふるうと自宅の床下の防空壕は危険で、梅田駅に避難せねばならなかった。

丁度その時、三笠はんを見かけた。彼女は九州に弟がいるので、そこへ帰るのだと言って、慌だしくキップを切ってもらって、ホームに出向いていった。それっきり三笠はんとは、音信不通になってしまった。

＊

カァーカァー　カラス　カラスが鳴いている。夕焼け雲の彼方に飛んでゆく。

母は夕方になると、厚化粧して、美しい着物を着て出かけてゆく。叔母とそんな母を見送りに出ると、家々の白壁に蝙蝠《こうもり》が群集して飛び交いながら夕焼け空に染まっていた。

なんとなく、寂しい光景だ。

幼い自分は、寂しい、哀しい風が、どこからともなく吹いてきて、自分の心の中に入っていくのを感じていた。

母の三味の音、化粧の香り、美しい着物も大嫌いだった。母はどこかへ行ってしまいそうに思った。

今思うと、幼い心にも、それなりに感じるセンスがあったのだなあと、思う。

＊

堂島のわが家の辺りには、五軒、家が立ち並んでいた。本通りから入って一軒目にはお年寄りご夫婦が住んでいらして、玄関前には大きなセメントの用水鉢が、その上には、竹簾《すだれ》のようなものが被《かぶ》せてあった。そのお隣は五人の子供がいて、いつもドタン、バタンと、賑やかなはしゃぎ声。そのお隣は、いつも戸が締まっている。そのお隣は、お姉さん二人がいた。ご姉妹だろうか。「エッちゃん、おいで、オジャミ（お手玉）して遊ぼ」と言ってくれる。時折は行くが、やっぱり、うちがいい。ひっこみ思案のわたしは、祖母、母、叔母以外の人には気疲れする。そしてわが家で五軒。

この五軒が並ぶ本通りの道は赤レンガが敷かれ、突き当たりには、誰が植えているのか、夏には朝顔や向日葵《ひまわり》が見事に咲き誇る。

わたしは、うちが一番大好きで外にはあまり出ないが、月に一回、生命保険の営業のおばさんがやってくるのは、嬉しい。

わが家の玄関を入ってすぐ左側が台所、右側は、二階に行く階段があって、その上り口のほんそばに、赤い銅板の冷蔵庫が置いてある。その前、正面が居間で台火鉢がある。左壁側には箪笥《たんす》。その上に小さなラジオ。その前でわたしの朝のラジオ体操が始まる。生命保険の営業のおばさんは、この時刻に来てわたしの体操を見て「お嬢ちゃん、お上手だね」と言ってくれる。嬉しい楽しい一時《ひととき》だ。ラジオに並んで、弁慶が鐘を引き摺っている人形ケース。その横に母は大好きな水仙を活けていた。その隣の部屋には、わたしが生まれた時に買ってもらった松竹梅の図柄の金襴緞子《きんらんどんす》の市松人形。その隣には、祖父のお佛壇。そして次に幼いわたしの背丈くらいある長いドレスを着たフランス人形。

その突き当たりがちっちゃなお庭、その右横が、ご不浄《ふじょう》（便所）。外にぶら下げられた手水鉢《ちょうずばち》から五センチ程垂れ下がった芯を手で引き上げると、程好く手洗いの水が出る。

庭を囲む塀は猫の通り道。いつも、塀の上をニャーニャーと、こっちを見て、鳴きながら、どこかへ去ってゆく。幼いわたしがお昼寝する時だ。

＊

母の命日、三味小唄のＣＤをかける。

母の人生のすべてを知ることはできないが、これ程までに慈しんでもらったことに、寂しさと悲しさで胸がいっぱいになる。

墨香るわたしの人生の歩みは、偉大なる母の才知の賜物か。

祖父の手、祖母の頑張る心も、同時に受け継がせてもらい、伯父、叔父、叔母にも常々見守りと愛情をそそがれ、沢山の親なる人に見守られて勿体なく涙する。母がいつも言っていたな。

「わては果報者やで」

わたしも、果報者やでと、つぶやいた。

＊

文学青年と言われていた父なるペルセウスは、空の彼方で見てくれているだろうか。

左手に宿る心

右手、左手、どちらもわたしのもの。当たり前のことを言っているわたしって、おかしいですよね。

右手、左手とも、健全な時は、自分の体の一部なので、あることすら忘れられている存在。

それが今年は、とくに霜焼けが酷《ひど》く、左右の手指とも赤く腫れ、握るとジーンとして、自分の指の感覚すらなくなっている。手の平に、指が幽《かす》かについているかな。

そんな時、戸棚の食器をとろうとして、左手が先に出た。右利きなのでいつもは何も考えずに右手優先。左手はプラーンと、ぶらさがっているくらいにしか思っていなかった。

霜焼けは両手とも同じようになっているのに、何故無意識のまま、左手優先になってしまったのであろうか。

大切な右手は、物書きには欠かせない。だから、左手が庇《かば》ってくれたのだろうか。

今まで、右手、左手って考えたことなく使っていたが、不思議ふしぎ。

そう言えば、ミカンの皮をむく時はいつも左手でむいていた。

それは霜焼けと関係なく、左手でしか、上手にむけないのである。

今のいままで、深く考えたこともなかったが、右手と左手、役割分担があるのかな。

わたしは、筆をもって書く時、右手で書くと、お行儀正しい文字になって、作品としては面白みがない。そこで左手に持ち替えて書いてみる。すると、なんとその文字は、わたしの心と話しているように見えた。

＊

幼い頃、よく堂島川に遊びに連れていってもらった。川面にくっきりとうつった建物は、ポンポン船が通ると、消えてしまう。幼い自分は、それが不思議でたまらなかった。
そして「ボート　コーギンチョ（こぎましょ）」の詩がうまれた。

ボート　コーギンチョ（こぎましょ）

ボート　コーギンチョ
ボート　コーギンチョ
母ちゃん　ほらね　コーギンチョ
母ちゃん　見ててね　コーギンチョ
母ちゃんのお背《せな》で
何度も　なんども　こぎました
小さな母の背　ゆらゆら　ゆらと

揺れ動く
ポンポン　ポンポン
ポンポン船も　通ります
母ちゃんの波　エッちゃんの波
チャプ　チャプ　チャプ　チャプと
岸辺を　打って　をりました
川面《かわも》いっぱい　広がって
赤いレンガの建物が
うらら　うららと　楽しかな
ボート　コーギンチョ
ボート　コーギンチョ
川の向かうに　通ひゆく
白衣《びゃくえ》の人を　ひた慕ひ
小さな手を　振りふりし
母の背に　顔うづめ
キンキラ　キララ
母と娘の波　キララ

夕日の中に染まりゆく
（ありし日の母と娘）

この詩を右手で書くと、真面目くさったその文字には、川面にうつったり、消えたりの幼い子供が夢見る風景は、壊されてしまっていた。

左手で書いてみた。波の高鳴り、沈み、色合いまでが、文字を通して心に映って見えた。

わたしはとても、とても嬉しかった。書いて、かいて、書きまくった。

右利きのわたしは、左手は役立たずで、おとなしく、ただぶら下がっているものとばかり思っていたが、左手は、右手を見ながら、自分の出番を待っていたのだな。

「今まで蔑《ないがし》ろにしていて、ごめんなさい。これからは、よろしゅうお願い致します」と、わが左手に、頭を垂れた。

わが歩み止《とど》まることなし

アルケ　アルケ　アアルケ　アルケ
南へ　北へ　アアルケ　アルケ

命のある限り、わたしはどこまでも、どこまでも歩いていこう。

空の彼方のお父さん、以前文学青年だったと聞かされていたあなたのＤＮＡは、わたしに引き継がれているのだろうか。みんな皆、遠い空の彼方に。わたしの所作事を聞くよしもなし。

ただわたしは、心に念じて経文を唱える。

ナムアミダブツ　ナムアミダブツ

＊

モーモー　わたしは牛だ。どんなにとろくても前に向かってゆく。
わたしは「さようなら」「もう年だから」という言葉は大嫌いだ。

今宵また　寂し虫来し
泣くななくなと　我に寄り添ふ

どんな人生も、悲しみ、寂しさばかりでなく、楽しさ、嬉しさもある。みんな仲よくしていこうか。

そして、生きた証に、わたしのつぶやきを書き尽くしていこうと思う。

＊

祖母、母はわたしに、

「人は生きていけるだけのものがあれば、それでいい。あとは多くの夢を」

と言っていた。

つまり、人に奪われないものをもて、ということだった。そのとおりだな。

脳味噌を捏《こ》ねてこねて、素晴らしいものを作って、心に穴が空いた時、常に自分を鼓舞し愚痴を言わずに夢を追えと、わたしの中の駄目心がつぶやいた。

わたしなりにコツコツと歩いていこう。転べば起き上がればよい。未知なるものに興味津々。お尻の重いわたしは出歩くことままならず空想の世界に突入。もやもや気分も自作で発散。

フルタイムでペンをとる自分がいた。

ジャン、ジャン、ジャン、錫杖《しゃくじょう》を鳴らして、「人生は、晩年にあり」と誰か言っていたな。何か、素晴らしいものを作って冥土の土産にでもなればと思う。

わたしの臍曲がり人生もこれでよかったと思う日もあるだろうか。

一人の人間を誕生させて、喜怒哀楽を公平に味わわせたことは、神ならずしての業《わざ》と言えよう。

命ある限り、きりっと生きていかなくてはと、心密かに思う。

眠りによって自分は理性から解放される。そして、また、新たな想像力を育てる。

今度、永遠《とわ》の眠りから目覚めたら、どんな自分になっているだろうか。

祖父母、母、君に問いかける。

遺影は、語りかけても、何も言わない。

人という字は、お互いに支え合っている。支えがなくなった自分は、どこか、どこか、ひ弱い。

夜空の星を見ることもできない。永遠《とわ》の命でない時を呼吸する。わたしの心の中に祖父母が、母が、君が……。

静かに一人、南無阿弥陀佛の名号を唱える。今になって思う。完璧主義は生きにくい、穏やかな人生を過ごしたいものだ。

一日一日が大事、大切だと思うが、ほっと息つく間もなく、急《せ》からしかの自分を戒める。

切なく聞こゆ三味の音に、母の面影を偲ぶ。人生の素晴らしい選択って難しいな。

母だったら、どうしたのだろう。君だったらどうしたのかな。

向こう見ずに突き進み、頭打ちして這い上がる。嬉しいことに、はしゃぎまくり、悲しいことに頭を垂れる。わたしも人間やったんやな。

時間は限られているから、夢を優先し、時間を上手に配分すれば、自分であって自分でないものを模索し続けることができるであろう。

曖昧模糊《あいまいもこ》の今のわたし、これからはわたしなりの締めくくりを。

人間という生きものは、何度も、なんども生まれ、死して、素晴らしい人間になるのだろう。

人生の土壇場において、いつも踠《もが》いている自分の姿が滑稽《こっけい》に見えた。

今は寿命が延びたとはいえ、百年も、あっという間、一瞬だ。自分にできたことって、何だろう。

わたしのつまらないつぶやきをつぶやいただけ。

「まあ、いいか」と言って、駄目人間の自分に即答する。寿命は目に見えないけれど、いつか、必ず来る。

「心配ない、しんぱいないよ。お前はこれから永遠のお出掛けをするんだからね……」

「おや、誰、あなたは誰なの。君？　君なの？　姿を見せて」

薄暗い闇の中、魂だけが浮遊する。

その時、浄土真宗本願寺派総長石上智康氏の言葉「生きて死ぬ力」が心に深く沁み入り、眼前に道が開けたように心が楽になった。人生に終止符を打つその瞬間、そっと見ている不思議な自分。くっきりと見える黄泉路《よみじ》（冥土へ行く道）。

「ああ、ついに来たか」と、時は足早に去りゆき走馬灯のごとく、さまざまなことを思い浮かべる。そして、追悼されている自分を、密かに見ている不思議な自分。そして、はっと我に返った自分に、どこからか、母の三味の音が。

「梅は咲いたか　桜はまだかいな……」

＊

何故泣く。死は惨《むご》い。魂は何処に彷徨うか。
三味の音にのって、母の歩んだ人生を振り返る。
負けたらあかん、まけたらあかんの、自分の人生のなんとお粗末なことか。

　去り逝かむ　母の面影　追ひ続け
　いまだに窓を　閉ざせしままに

黄泉路を前に、輝けるご本尊さまを見た自分。安らかに一人で黄泉路に行けるだろうか。
「そちらに行く時は降臨（神佛が天から地に下ること）して下されや」と、彼方に向かって、懇願した。

不思議な玉手箱

二月十六日、君の七回忌の法要を自宅でおこなうことになっていた。

十人のいとこたち、みんな仲良しグループだ。善福寺の住職叔父は他界されたのでその息子が住職となって経文を唱え、あの世と、この世の橋渡しを……と、思っていたが、コロナの猛威に中止せざるを得なかった。

仕方なく、善福寺で住職に弔ってもらうことにして、自宅でわたし一人が君と向き合い、お念佛を。

ナムアミダブツ　ナムアミダブツ……。

でも、何だか変だ。君が佛さまになったのだという実感がない。ほん近くに君がいて、同じように念佛を二人して唱えているように思える。

今日で丸六年も会ってないのに。

すると、不思議ふしぎ……君は、「ネネ……ネ……あした朝六時に、玄関口で待ってるからね」と言って、いそいそと、出ていった。

＊

辰年の君は龍になっていたが、声は人間の時と同じだからよくわかった。

二月の朝の六時は、まだ夜が明けきらず、周囲は真っ暗だったが、几帳面な君は、ぴったし六時に玄関口に立っていた。

大きな龍の体に、黄泉路に旅立つ時、五重相伝を受けたわたしの襦袢の半分を君に着せてあげたのを片手に通して、こっちを見て笑っていた。

早速、わたしは君の背に跨《また》がった。どんどんと、御伽《おとぎ》の国に旅立つように、出発進行――。

君の背は、温かい。あたたかくて、居心地最高。

「ねえねえ、黄泉の国で何してるの。絵、描いてる？　木彫は……？」

「うん、もっと、もっと、ええことしてるで。死んでしまった星を集めて、玉手箱を作っているのさ。ぼくの住処《すみか》に着いたら見せてあげるよ」

「どんな玉手箱なのかな。何が入ってるのかな」

「うん、うん、それはのち程、お楽しみ」

と言って尻っぽを振りふり、わたしを背に、天空へ昇っていった。

しばらく経って、わたしを背から下ろすと……

「あれ、君、きみ、どこへ行っちまったのかな」

君の姿が見えなくなった。生温《ぬる》い風が、スーッと、前を過《よぎ》る。

急に心細くなって、「おーい、どこへ行っちまったの」と半泣きになった。

ピピー、ピピーと、何か音がする。

闇の中から君の姿が現れた。大きな星型の木箱をもっていた。

「ぼくね、星の残骸を集めて捏《こ》ねこねしてね、この星を象《かたど》った木箱の内側に塗り潰すのさ」

そして蓋をすると、木箱はかすかながら光を放つ。

「この中に何を入れるか当ててごらん」

「さてね、下界じゃないので、そんなのわからないわ」

「これから黄泉路《よみじ》を旅しようか。黄泉もなかなか、いいところだよ」

わたしを背に、龍の舞のごとく、ひらひらと、穏やかに突き進んだかと思うと、急降下し、地上では考えられないくらい、暗黒の中をゆく。

怖がりのわたしなんだが、君の背に乗っているので少しも恐れはなかった。

天空とはいえ、山あり谷あり、どこまでも続いている。

わたしは、いつの間にか、うとうとと心地よく眠ってしまった。

「着いたよ」

君の声で、はっと目を覚ました。

あたりは紺碧。あまりよくはわからないが、かすかながら光の囲いのようなものが見えた。

近づいてみると、はて、はて。

「この木箱に何がおこるか当ててごらん」

「ええ、そんなのわからないわ」

「それはね……。ぼくが箱に向かって寂しい、さびしいと言うと、箱の中に、寂しい星が入る。楽しいと言うと、楽しい星が入るのさ。箱の中では、寂しい、哀しい、悲しい、嬉しい、楽しい……これらの星が入っている。箱の中でみんな混ざりあって、キラキラと光るのさ。寂しかった時も、楽しくなる、哀しかった時も、嬉しくなる。不思議な魔法の玉手箱なのよ」

寂しい星、悲しい星、哀しい星、嬉しい星、楽しい星、みんな和気藹々となって、今のいままで見たこともない素晴らしい星たちが、玉手箱の中でカランコロン、カランコロンと鳴っていた。

「これ、あんたにあげるね。寂しがりやの、怖がりやのあんたにあげる」

「うん、有り難う、嬉しいよ」

「いつも天上界から、あんたを見ているから安心しな、心配ないよ。自分のしたいことに、充分、集中しなよ」

君とこんなに、思いがけない会話がなされたこと、神龍力《じんりゅうりき》かな。

なんと心丈夫で、嬉しいことか。魂は死なない、生き続けるのだね。素晴らしいなあ。

何故泣く、もう泣かないよ。

愛は心のつながり

本質とは本来の性質（根本の性質）。

本来の性質はつながる力を持っている。人間は、その本質的なものをもっている故、困っている人あらば助けてあげたいと、心が動く。

だが、人の為に何かをしてあげても、「してやった」という思いをもち続けていれば、せっかく蒔いた良き種が、無になってしまう。

「してやった」という言葉は、惨いよね。

出来の悪いわたしは養父に、一言、ひとこと、言われた。幼いながら、こんなに哀しいことはなかった。

母にも言えず、じっと心の中にしまっていた。魂は、年齢にかかわらず、皆同じだ。やさしい言葉に、嬉しい涙、惨い言葉に、悲しい涙を。

やさしい言葉も、惨い言葉も、幾つになっても忘れられない。

「してやった」という言葉は、してもらった嬉しい心を、ゼロにしてしまう。

新聞に「愛の手」と題して、嬉しいお便りが記載されていた。

二歳八ヶ月の○○ちゃん、養子縁組が成立したその後のお話です。

里父は、シフト制の仕事で日中、家に居る時間があるので、○○ちゃんのお世話がしたくて、したくて。でも○○ちゃんは里母を慕い、里母の姿が見えないと大泣きをする。里父には、なかなか懐《なつ》いてくれない。仕方なく里父は、里母の負担を減らすよう、掃除や、食事づくりに励んでいるとか。里母は、そんな、やさしい里父に感謝し、二人して、力を合わせて○○ちゃんのよき親になるため、日々を重ねている。

そう書かれてあった。

子供は、父母二人のさまざまなものをもち合わせて生まれてくるのだが、血がつながらなくても、温かい思いやりの心は子供にそそぐことができるのだ。

愛が温かな血となって、立派な親子関係を築いていくことができる。素晴らしい。

この話を読んで、わたしの心も、ほっこりとなった。

「してやった」というこの惨い言葉をなくすために、神は、哀しさをわたしにも味わわせたのだろう。やさしい言葉、温かな心は、和むね。

運気とは

佛間兼わたしの書斎は、わたしの安らぎの部屋。東に青龍、西に白虎、南に朱雀、北に玄武を天井近くの壁面高くに貼り、朝な夕な手を合わせてナムアミダブツ、ナムアミダブツ……と唱える。

東は君の神、西は母の神。四神のうち二神として君と母が居てくれて、こんな嬉しいことはない。

一月十三日、新聞に載ってやってきたのが寅の金運黄金大明神だ。母虎がお腹に子虎を抱き込むようにして、慈しみ、いとおしんでいる姿は、昔母が幼いわたしを愛《め》でてくれたのと同じ。

わたしは居ても立ってもいられず、その母子虎を買い求めた。二十センチに満《み》たない程の小さな金箔の母子虎は、ほんに可愛らしい。わたしは早速、母の遺影の前に置いた。

これが、ご縁か、手紙が届いた。それは、金運をもたらす財布の申し込みだった。

わたしの生まれた年の「九紫火星」は、金運力を支える九星開運と開運守護をプラスすることによって九星四神招財がより一層金運力を引き出すという。

一見、素晴らしいように思うが、運気は、あって、ないようなものとしか、わたしには感じられなかった。

町内のくじ引きも当たった例《ためし》がない。学生時代のわたしは、勉強だって山勘は駄目、何だってコツコツとやるしかないと思い込んでいた。例えば当選最高額五億円のジャンボ宝くじを三十枚プレゼントすると言われて、世の人々は何を信じようとしているのか。本当に運というのがあるのだろうか。不思議でならなかった。

本当に神の業《わざ》というものがあるのだろうか。もしも、仮に五億円のジャンボ宝くじが当たったとしたら、君だったらどうするかと、問いたくなる。

普段から、お金には疎《うと》い自分なんだが、ありすぎるのも、また困ったものだ。恐ろしいことがおこる予感がする。

神曰く、「人間、オギャーと生まれて、喜怒哀楽、つまり、喜びと怒り、そして哀しみと楽しみ、さまざまな感情を味わわせて、昇天させる」と。

いいことずくめは、虫がよすぎるよね。

＊

父親のいない分までと言って、母は勿論、祖父母、伯父、叔父、叔母たちがわたしに、あり余る程の愛を与えて育ててくれた。そして、穴が空いたような、冷たい風が吹きぬける養父の存在は、怒りにひとしい。年を経て、祖母、母、伯父、叔父、叔母と次々と、魂は黄泉路《よみじ》に。わたしの心は悲しみのあまり、空っぽになってしまった。

そんな時、わたしの塾生たちが次から次へと、労《いたわ》りの心づかいをし、やさしい心で接してくれる。

わたしは、力を振り絞って、物書きに専念する。わたしの命の置き場所であろう拙いつぶやきを、後世の何かの役立てにしてもらえたらと思って、

さて、運気は、自分で作り出すものではない。すべて、神の業《わざ》と言えよう。その人にとっての喜怒哀楽とはと、よく言ったものだ。これこそ、神の素晴らしい言葉なのだ。

運気上昇を狙う欲は駄目だな。

人間一生、努力、努力。努力は楽に変化する。

人間、顔の表、裏があるように、すべて、悪いことだらけではない。良いことに変化する。神の業《わざ》は、生きるための修行かも。

寂し虫、付きまとわないで

人生、何が起こるかわからない。ずいぶんわたしも生きてきたのだな。

でも、これからも母が亡くなった歳まで十三年ある。母が亡くなるまでは、君も健在で、寂しい、哀しいと思ったことは一度もなかった。それは、母が居たから、君が居たからだ。

今は、一人ぼっち。どの部屋を覗いてもがらんとしている。

「やがて死ぬのに、何故生きる」

目の前にある、唯円《ゆいえん》（親鸞聖人の弟子）が書いた親鸞聖人の教えの書籍『歎異抄』を、パラパラとめくる。

今の今まで、たっぷりと愛情につつまれて生きてきた自分。

本当はこの世に人間として生まれ出たことすら不思議な存在だったのに。

溢れんばかりの愛情をそそがれ、喜怒哀楽の喜のみ九十九パーセント先取りしてしまった自分は、今の寂しさ、哀しさは、当然のこと。よくも、ここまで生かせてもらったものだと、阿弥陀如来さまに頭を下げる。

この世に生まれてはならない魂がこの世に生まれ、平然と生きている。自分はいったい、何者なのだ。図々しい奴だな。

＊

チリトテ、チン。母の優雅な舞のそぞろ哀しみ知らず。

書、文、絵……と幼き頃よりわたしに習得させ、二親の分まで愛情を注いでくれた母。

祖父は、早くに病死、生計を立てる母の手助けに、祖母、叔母は母親代わりに、伯父、叔父も実の娘のようにしてくれた。

贅沢にもわたしは、母、祖母、叔母の三人の母、伯父、叔父の、二人の父をもって育てられた。こんな、果報者はいないだろう。

空の彼方で、ふーわり、ふーわり浮遊していたわたしの魂を、地面に下ろし、人間として誕生させてくれた。

これも神の業《わざ》なんだろうか。

＊

幼い頃より人見知りが激しく、友だちともしっくりゆかず、いつも一人ぼっちだったわたし。

祖母、叔母が、そんなわたしのお相手をして、お絵描き、おじゃみ（お手玉）、おはじき、かるた……で遊んでくれた。引っこ込み思案の甘ったれの自分なんだが、負けず嫌いで、いつも一生懸命勉強するのに成績は今一つ。それが悔しくて、くやしくてできもしないのに、「負けたらあかん、負けたらあかん」と頑張った。

ある日のこと、先生に尋ねた。すると、先生は、にこやかにおっしゃった。

「コツコツとしていたら、いつかはできるようになるよ。ほら、神社の階段を見てごらん。一段いちだん、根気よく上ってゆくと、いつかは天辺に到達する。頑張りましょう」

先生のその言葉を、後生《ごしょう》大事に励み続けた。みんなと楽しく遊び、キャッキャッとみんなと笑いふざけ合う。幼いながらも、そんなこと、わたしにはなかった。

わたしって、いつも何考えていたのだろう。変な子だったなあ。自分ながら思う。

高校生になったわたしは、今まで培ってきた書を、子供たちと一緒に学ぼうと思った。自宅の他に、お寺、公民館にもお部屋を借りて、子供たちと一体となっての書絵画塾の教室は、それはそれは楽しいものであった、時にわたしの手製の紙芝居をしたり。

新米《しんまい》先生は大変。わかっていることでも、念入りに。伝授する一通り（あらまし）を学習する。

わたしが小学校五年生の時にお嫁に行った叔母も、時折、様子を覗きに来てくれるのは嬉しい。叔母が結婚した当時のわたしは、とても落ち込んでいた。いつも、そばに居てくれていた叔母が居なくなると、ポッカリ穴が空いたような心寂しさがあった。それは未だに残っている。

然《そ》う斯《こ》うしているうちに、わたしもいつの間にか、適齢期を過ぎていた。母も祖母もわたしのお相手を探し続けたが、相応《ふさわ》しい人は見つけることができなかった。

祖母も早八十八歳、高齢になってしまっていた。ナムアミダブツ、ナムアミダブツ……と、祖母は神佛にもお祈りした。

わたしも、何度もなんども、お見合いをした。決して、お相手はつまらない人ではなかった。それは、それは、素晴らしい人たちばかりだったが、何故《なにゆえ》、断り続けたのだろうか。

それは、祖母、母とも別れ難くて、そんな自分をどうすることもできなかったからだ。

あまりにも強い絆、絶ちがたいつながりだった。高齢の祖母は命のある間に見届けたいと心残りながら、天に召されて、逝ってしまった。なお、祖母の執念は黄泉《よみ》の国に行っても、わたしのお相手を探し続けた。

丁度一年目、ひょっこりとわたしの前に現れた君。高知に居住する歯科医の三男坊だった。祖母の生まれた徳島のほん隣の高知とは、祖母が古里の徳島まで帰り、探し続けてくれたのだろうか。これは神業《かみわざ》としか言いようがない。大好きな祖母の他界、初めて味わう肉親の死と入れ違いに。

君は物作りが大好きで、わたしが狸が好きと言ったら石けんや木片で手の中でクルクル何かを作っていたかと思うと、いつの間にか、狸がこっちを向いて笑っていた。絵を描くことも得意だが、無口で、わたしと同じく人とコミュニケーションをとることが苦手。でもやさしくて、人を思いやる心をもっていた。

君は、三男坊で、わたしのところへ来てくれると言った。なんと幸せ者だろう。母とも一緒に暮らせる幸せ。かねがね、一番わたしが願っていたことだ。

＊

母が八十歳で脳梗塞になり、左半身不随になっても、いつも母の車椅子を押して、君とわたしの三人一緒に、通天閣をはじめ、あっちこっち小旅行もした。君は会社に勤務、日曜日には、君と一緒に絵も描き、家事も分担で、掃除、アイロンかけ、餡炊き。家の修繕は君で、三度のご馳走他、種々はわたし。また、母、君、わたしの三人がそれぞれ東京の童画会や近くの県展などへも出展。楽しい嬉しい毎日だった。

みんなが羨み、不思議がる程、喧嘩も一度だってしたことがなかった。

神は、これくらいでよかろうと思われ、母を他界させ、五年して、君も他界。最後に、わたしをひとりぼっちに。

寂しがりやの、怖がりやのわたしが、今まで考えてもみなかったことだ。

夕方になると、ほん近くに家並みがあるのに、雨戸のシャッターが次々と下ろされると寂し虫が騒ぐ。

不思議だな、神はみんな平等に、与えるものは、あたえるのだな。

哀しい悲しい心も、とくとわたしに味わわせて。

書絵画塾の教室のある日には、塾生たちのにこやかな笑顔に癒やされて、寂し虫は、どこかへ、かくれんぼ。

日が暮れて一人、二人、三人……と帰ってゆくと、また、寂し虫は、ぞろぞろと、やってくる。

「わたしをそんなにいじめないで」と言っても、知らんぷり。

そんなある日、元気げんきでいたわたしなのに、左脚の膝下から踝《くるぶし》の内側にかけて打ち身をしたように赤黒く腫れている。ジクン、ジクンと、脚の内面深く痛みがあり、触ると、熱ももっている。

「何だろう、まあ、いいか」と思いつつ、放っておいたら、だんだんと痛みも酷《ひど》く脈打つがごとくズクン、ズクン。時折足先も勝手にピクピクと動き出す。

こりゃ大変と思って病院へ。二ヶ月前の朝、ちょっとした段差で蹴躓《けつまず》き、その時は「痛っ」と思っただけで何ともなかったので公民館へ行ったり、郵便局へ行ったりして走りまわっていた。が、夕方になって、ズクン、ズクンと、両脚が痛み、どうしようもなくなって、動けなくなってしまった。やむなく救急車にお世話になることになり病院へ。骨折はなく、打撲と診断され二日の入院で帰宅できた。そして三ヶ月程経って、また、ズクン、ズクンの痛みと少々の腫れもある。早速、打撲でお世話になった病院へ行く。

しかし、ここは整形外科だから皮膚科に行くように言われ、近くの皮膚科の病院に。すると、足の腫れを見るなり、ここでは処置できませんと別の病院を紹介された。

その病院へ行ったのだが、いつまで経っても病名がわからず、塗り薬と飲み薬を処方されたが三週間経ってもよくなる様子もなく、いつもの掛かりつけの内科の医師に相談した。医師は診察後、即、「蜂窩織炎《ほうかしきえん》」と言われた。

初めて聞く病名だが、この病気は、免疫力が低下するとおこるらしい。

「免疫力が低下するようなこともしていないのに、何故、なぜ、何故なの。ああ、そうか、寂し虫のせいかも。寂し虫、さびし虫、もうわたしに付きまとわないでおくれ。わたしの人生も、あとわずかになってきたのだね。最期の心の後始末もしておかなくっちゃね」

わたしの人生って何だったのだろう。

泣き虫、甘ったれ、人に頼ってばかり、それでいて負けたらあかん、まけたらあかん。

馬鹿な人生だよね。でもね、こんな出来の悪い自分だが、自分なりに一生懸命、生きてきたのだ。自分でも不思議なくらい。

こんな人間もいたということ、そして、こんな人間なんだが、ちょっとでも役に立つようなことがあれば嬉しいと思って書き綴っているのがこのエッセイシリーズ『摩訶不思議　わたしのつぶやき』。わたしなりにこれからも命のある限り一生懸命書き綴っていこうと思う。

蜂窩織炎は、悪い菌が皮膚の中に入って炎症をおこしているのだ。肉眼で見たところ皮膚に何の傷もないのに、どうして悪い菌が入ったのか、不思議ふしぎ。

蜂窩織炎にならないよう強い心で頑張らなくっちゃ。神はひ弱になったわたしに悪い菌と格闘させて力をつけさせたのかもしれない。

最期に哀しみをうんと味わわせて――ということなのか。

ベッドに横たわりながら、今日までの自分を書き記す。これも自分の通る道だったんだな。

わたしに与えられた喜怒哀楽は、永遠のご褒美かも。

最期まで　凛として立つ心がけ

寂し虫、付きまとわないで

母の笑顔の　幻追ひて
歳だからとは　言ふなかれ
その一言に　滅入るわが身は

素晴らしき　生き様追ひて
親鸞の経文を手に　いざ由《よし》もがな

笑う門には福来る

ある日、書絵画教室の塾生さんの一人が湯呑みをもってきて、

「ここに書かれた言葉を色紙に書きたいのですが」

と言って手渡された。

「笑う門には福来る、どんな時でも笑っていこう」と書いてあった。

わたしは言われるままにこの言葉を散らしてみた。

「そうね、いい言葉だな。笑っていると、やさしい心のほんわか温かな空気が満ちみちてくる。嬉しいね」

と言うと、溜め息をつきながら、その塾生さんは、

「近頃のわたしには努《つと》めて笑いがほしいの」

と、ぽつりんと言った。

「またどうして？　いつも元気げんきのにこやかなあなたなのに」

と言うと話し始めた。

「心をしっかりともって前に向かって、いつも笑顔でいようと心がけていたのだがね、たった二人のきょうだいなのに弟は少しの労りの心なく上からの視線できつく言われるのがたまらなく心もや

もやになるの。

子供のいないわたしは、ほんとにひとりぼっちだ。弟の方は五人の子供に恵まれ、賑やかで擦《す》った揉《も》んだしている。

わたしは毎日の成り行きにまかせて、わたしなりに元気げんき、げんき出して生きているが、人間生活していく上で、ちょっとしたことにも大変なこともあるのよ。

買い物、病院行き……と、自転車にも乗れない自分はどうしようもなく、近くにいる弟の連れ合いに世話になっているの。

診察が終わったら電話すると直《ただ》ちに来てくれて、それからスーパーでの買い物。

これいいね、あれは……とか言って。そして多少のものでも分けわけするのも楽しくてね。話も弾むの。

買い物中、ずっとタクシーに待ってもらうのも気忙しく、こうして一緒に何や彼や言いながら時間的にも融通もきくし、お互い離れればなれで居ても日常生活の語り合いで心も解《ほぐ》れるの。

いつものパターンで今日も電話するとね、その時出たのは弟だったの。

『タクシーで帰れ』とただ一言だけ言った。

弟の連れ合いが迎えに来られない理由があるはずがない。以前より状況を仄《ほの》めかしていたので、すぐさま感知した。

『じゃ、いいよ』と言って電話を切ったわ」と。

塾生さんは、電話から流れる無慈悲な言葉に落ち込んでいたのだった。

そして塾生さんは言う。

「わたしは、ただ温かい心の交流が欲しかったただけ。タクシー代を節約するためではないの。以前ね、弟の娘が出産後、しばらくは私宅で生活していたの。弟の連れ合いが体調を崩してね。娘、孫の世話ができない状態だったから。でもね、降って湧いた賑やかさに、一時《いっとき》たりとも家族と暮らせたような気分でね、嬉しくて楽しくて、そんな毎日だったよ。

血のつながりとはこういうものなんだと思いながら。でもこの度の一言が深く心にささったわ」

とかなしげだった。

わたしは人が喜ぶ顔が大好きだ。自分も心から嬉しくなるから。

惨《むご》い話を聞かされて、どうしようもなく、その時、ふと思いついたのが、四年前に書いた童話、「もぐらの兄弟」だった。

心の癒やしに、ぜひ、塾生さんに読んでもらおうと思った。

＊

兄さんもぐらと弟もぐらは、おばあさんから送られてきた美味しいみかんの取り合いっこで喧嘩。母もぐらは悲しそうに浅ましい息子たちを見ている。

神様に、やさしい労りの心を与えて下さいと願う。

兄さんもぐらは沢山食べすぎて腹痛に。弟もぐらはそれを見て喜んで手を叩いて雪合戦に出かけてゆく。

するとその晩のこと、弟もぐらは足指が霜焼けになり、真っ赤っ赤。

「神さまは、意地悪言う子をこうして懲《こ》らしめなさるのよ。兄ちゃんも、お前も、いい子になりましょうね」

と言う母さんもぐらの目にキラリと一雫の涙。

母の温かな心がわかったのか、その晩、兄さんもぐらと弟もぐらは、仲よく頭をそろえて眠る。兄さんもぐらは弟もぐらの手を取って「痛くないかい」と言う。弟もぐらも「兄ちゃん痛くないかい」と言ってにっこり。

ドアの外でそっと聞いていた母の目に、またキラリと一雫。それは前とはちがった嬉しい涙。

＊

思いやる心をもつわたしの祖母、母は他界してしまった。

先日、夢を見た。カタツムリになって、こっちを見て笑っている祖母と母。

いくら呼んでも叫んでも、帰ってきてくれない祖母と母。

神さま、どうか塾生さんを穏やかな心に戻して下されもしや塾生さんの弟は、情けのない人で無しではなく、連れ合いを疲れさせたくない思いやりだったのだろう。

「笑う門には福来る」本当にいい言葉。これは癒やしの魔法の言葉。

塾生さん、さあ書いて下さい。そして額に入れてお部屋に飾り、毎日嬉しく、楽しく笑いましょうね。

わたしの一日の始まり

朝六時に起床。先ず用足しをし、寝具を整え、着替えをして、洗面所に。

冬の朝はまだ薄暗く、でも窓より見えるお向かいさんちも、お隣さんちも、雨戸のシャッターが開き、台所らしきところから明かりが見える。

さあ、頑張らなくちゃ。寂し虫は、どこへ行っちまったのか、元気げんきの自分がいる。

湯を沸かし、白湯《さゆ》を神さまに。

御手を三度打ち、おはようございます。

「天照皇大神宮さん、三宝荒神さん、オン　マカキャラヤ　ソワカ、南無観世音菩薩《なむかんぜおんぼさつ》。今日も一日無事、暮らさせていただきますように、恐ろしいこともおこりませんように、よろしゅうにお願い申し上げます。お白湯をどうぞ、お召し上がり下さいませ」

今度は、佛さまだ。

白湯に粉茶を入れて、混ぜまぜし、沈殿するのを待ち、その間、器に、シナモン入りヨーグルトを入れ、レーズン、プルーン、クコを添える。そして、もう一皿、パンにココナッツオイルを塗り、その上に自家製のジャムをのせ、その横に小型のチョコ三枚、６Ｐチーズ二分の一切れをあしらって。

飲み物は、牛乳、もろみ酢、蜂蜜を撹拌《かくはん》して発酵させたもの。

そして、茶っ葉が沈殿したので、お猪口《ちょこ》に十五體の佛さまと、大師、地蔵、観音、法然上人、浄土宗坊毘沙門天。

これからわたしのお念佛が始まる。南無阿弥陀佛、ナムアミダブツ……と名号を、唱える。

先ずは祖父。わたしの頭の中の祖父は紺カスリの着物を着て、起きたばかりのわたしを負《お》んぶして提燈屋に向かう。負ぶわれたわたしは奥の間に通されて、客が来るまで字の稽古をする。祖父は、畳の上に下敷きを置き半紙をのせて、墨を磨る。墨が磨れたところで、わたしの後ろに回り、ちっちゃなわたしの手をとって勢いよく書く、トトトト、サーッと。

祖父の手が動く。わたしの右手に重ねた手が紙の上で、まるで生きているかのように動き出す。躍り出す。

それ以来、字を書く時は、いつも、いつも必ず、祖父がわたしのそばにいた。

前にも書いたが、わたしの祖父はわたしが生まれる三年前に亡くなっている。だのに、本当に本当の祖父との一時《ひととき》のこと、本真なんだから、これまた、不思議だ。

次は祖母だ。大阪にある竹林寺の寺に、祖父は眠っている。月命日の二日には、いつも祖母と二人でお参りに行っていた。チンチン電車を降りてすぐの場所だ。

ほんそばの寺の門前が見えると、わたしは祖母の手を離して、真っ先に寺に駆け込む。

黒のビロードのワンピースに羽織った白いハーフコートは、真っ赤な糸で縁《ふち》が縢《かが》られていた。

「あぶないで……」と言う祖母の声を聞きながらわたしが跳ね回っていくので、白いパンツが、ちらほら見える。

祖母は、寺のご住職の奥方とは仲よしだ。いつも寺門の横の裏木戸から入る。ご挨拶をして、本堂に通されたわたしたちは、ご住職のお念佛をいただく。

時は一転して、中学校二年生になったわたしは、大和の地に引っ越してきた。自宅から最寄り駅まで、歩いて三十五分はかかった。朝六時二十分発の電車に乗らねば学校に間に合わない。冬は夜明けも遅く、まだ暗い。

自宅から十分程行った所に熊坂という急な坂道がある。熊が出るのだろうか、そんな名がつけられていた。行きはこの熊坂を下りていく。熊坂の上り口には木がこんもり生茂っており、そこに地蔵さまが祀られてあった。

平地から突き当たりが池。古池と呼んでいるが、その下をうねるがごとく道は続き、小さな竹藪《やぶ》をぬけていく。朝は五時四十分頃に祖母と一緒に家を出て、熊坂の上でバイバイをし、学校からわたしが帰る時間になると、祖母はいつも、その熊坂の上で提燈を二つもって、両手で合図するかのように、振りふりしている。わたしが古池のそばまで帰ってくると、熊坂の頂上から提燈振りふりがよく見えた。わたしが大学を卒業して会社勤めをした一年半を含め、約十年余り祖母の出迎え、見送りは、続いた。

勤めた会社はわたしの性に合わず、今まで培ってきた書絵画塾の教室を開き、それ一本で行くことにした。

可愛い子供たちに囲まれての書絵画塾の教室は、この上もなく、楽しく嬉しかった。

そんなことをしていたわたしは、婚期が遅れてしまった。当時は、世間の目も厳しかった。幾度か、お見合いもしたのだが、心揺さぶる人には巡り合わなかった。

そんな時、自宅より数キロ離れた土地が一軒の家を建てるということを条件に売りに出されたのを目にした。三十二歳だった。当時は書道ブームで沢山の生徒たちがわたしの教室に来てくれていたので、いつまでも養父に世話になるのも心苦しく、五十坪の土地と、そこに建てられる一番ちっちゃな家を……と言って購入した。そして、丁度教室の生徒の親御さんが大工さんだと聞いて、教室をその横に建てていただいた。

土・日曜日の稽古の時だけ祖母と一緒に来て、一晩泊まり、あくる日は養父宅に帰った。

中庭には松の木を植えた。石の燈籠も母と買いに行った。こんな嬉しいことはなかった。

嬉しさのあまり、わたしの口から詩が迸《ほとばし》るように出た。

あすなろうの花は開きぬ
あしたこそ　檜にならむと
小さき丈　伸ばして　青き空を見る

望み捨つることなき　かのあすなろうの花に
いつよりか　魅せられし
晴れ間なきどんより曇りし　わが心にも
あすなろうの花は芽吹きぬ
はげしくも　燃ゆる若き血潮の
ああ　墨薫《かを》る
　青春なれや
直向《ひたむ》きな　わが人生の歩みなり
遠く続くわが道は果てしなく
坂に至れば吐息つき　汗を流しつ
やさしき母の微笑に　心支へらるるも
その足取りの覚束なきこと
ああ　人生に何をか賭けむ
限りなき　夢を求めて
わが歩み　止《とど》まる術なし
わが　あすなろうの花　今開かむとす
齢《よはひ》三十二にして　我に相応《ふさは》しき

小さき城を得たり
南曳の城は　築かれき
頬に伝ふ涙拭はず
明日を責む心きびしき

昭和四十五年　霜月
南曳の詩

祖母は、ただ、いい人が来てくれたらと、それればかり願っていたが、思いは叶わず、八十八歳で昇天してしまった。

わたしはあまりの悲しさにどうすることもできず、溢れる涙を堪《こら》えながら絵本『子狸マコのたからもの』を描いた。子狸マコのお父さんは、おばあさんに変身してマコを慰めるが死はどうすることもできない。仕方ないことだ。

松の木のそばには、松の木を囲むように七匹の狸がこっちを向いている。

大きな親狸、仲よし夫婦狸、居眠り狸、子供狸（兄弟妹）……その七匹の狸の横には、叔母に戴いた石臼《いしうす》が小池として、そしてそこには筧《かけい》も取りつけて、風流な庭になった。

その庭を見ながら祖母は言った。

「おばあちゃん死んでもな、この筧の辺《ほと》りでじっと見ているさかいな」

この言葉はわたしの一生の宝物、忘れられない。

＊

次は養父だ。いつも、「してやった、してやった」が定例の言葉だったが、神棚に白湯をお供えしていた時だった。

「エツ、すまなんだのう」

ただ一言だったが、養父の口から発した言葉とは思えなかった。

これが最期の言葉となった。

＊

母がそばにいないと授業が受けられない泣き虫のわたしを、受け持ちの先生は書道教室に行かせるように指示された。

母はすぐさま、書道教室を探してわたしを連れていったが、また、泣くのではと、内心ハラハラしていたろうが、不思議と、書道教室の四、五軒手前から匂ってくる墨のいい香りにすっかり酔って、泣くことを忘れていた。

大きな立派な門構えの中から出てこられたのは女性の先生だった。

十名ほどの娘さんたちが手習っていた。わたしは、隣の部屋に通されて、母はその横でじっとわたしを見ていた。

先生は、先ず、わたしに墨の磨り方、用具を、一つずつ説明して下さった。生まれて初めて筆をもち、白い半紙に初めて書く。子供ながら緊張感はあったが、墨の香りに酔ったように、スラスラと書けた。「いし」という字を書いた。

先生は、初めてにしては上出来と、にっこり笑いながら褒めて下さった。

嬉しくてうれしくて、何枚もなんまいも飽きることなく書きまくった。

周囲は反故《ほご》（反故《ほうぐ》）の山となり、泣くことも、すっかり忘れていた。

「もう、このくらいで今日はお仕舞いにしましょう」と言われても、筆を休めることなくどんどん書きまくった。

ずいぶん時間も経ったのだろう。隣の部屋の娘さんたちも一人、二人と次から次へと帰っていった。

「よう、頑張ったね」と母は、にっこり。帰りにひと休みしていた同ビルの喫茶店で偶然会ったおじさんは、学校の隣のクラスの子のお父さんだった。

先生に丸を貰った半紙を、おじさんに見てもらった。

「わあ、素晴らしいな、元気げんきの字だね」と言って褒めて下さった。わたしは、ますます字が大好きになり、嬉しくてうれしくて、生きいきしていた。

おじさんと三人でスイーツを食べて、同ビルを後にした。

それから母は八十歳になって脳梗塞になり、左半身不随の身となったが、毎年おこなわれる奈良の高齢者展には必ず欠かさず出展した。

県知事より表彰状を受け取る際、母を支えながら共に深々と頭を下げたのも、嬉しいなつかしい思い出だ。

夜になると、風呂好きの母と一緒に入る湯船は楽しい。二人して湯船の中でのおしゃべりだ。こんな時もわたしは母を支えていると言うより母に支えられている自分だった。そして母はわたしの生き字引だった。

あれこれしているうちに母の病状も悪化し、息苦しくもなったので、市民病院へ入院となったが、その息苦しさもケロリンとよくなり、翌日は自宅稽古日だったので、わたしは自宅に帰り、稽古の段取りをし、母の大好きな、梅シソ、キュウリ巻きを作って君の車で病院に向かう。君は翌日、会社があるのでそのまま帰宅した。丁度、弟がやってきて、三人で細巻きを食べた。

母は笑顔で嬉しそうに普段と変わらぬ様子だったが、食べ終わった後、「お母ちゃん、ちょっと横になる」と言い、わたしは「うん」と頷《うなず》き、母の頭をかかえるようにして、ベッドに横たえた。すると、その時、顔色が急変し、青ざめ、目も閉じてしまった。「お母ちゃーん」と呼んでみたが返事はなく、そのまま静かに昇天してしまった。

呆気ないことだった。三途の川を渡っていかねばならないので、沢山細巻きを食べてくれたのかなあ……。

＊

次は君だ。君はいつも、テクテクと時計の針のように休むこともなく動いていたね。

わたしが必要とするものを、次々と作って――。

先ず一番大きな本箱の上には、黄泉《よみ》に行かれた方々の顔写真が並んでいる。またどっしりとした厚手の木材を使って作った机の上の君の遺影のそばには、犬、猫、狸、兎、馬、梟《ふくろう》、鳥等がいっぱい、所狭しと並んでいる。木で作った象の背に花鉢がごっそり入るようになっている置物は、遺影の真向かいの本箱の上に。その横には終戦を告げられた天皇陛下のお言葉を聴いたラジオがある。

そのラジオの上にも馬が澄まし顔で座っている。そしてその上で木彫りの佛陀が、「しっかりしろ、めそめそするな」と言っている。

台所は火災がおこらないようにと、ガスからＩＨに替えたのだが、使用しない時、そそっかしいわたしが物を落として破損でもしたらいけないからと、ＩＨ台の上に木で蓋を作った。

ＩＨ台の横の壁には、取り出しやすいように、木で作ったロールキッチンペーパータオル掛けと、ティッシュが入るのがセットになったものも取り付け、水屋《みずや》（茶器、食器を入れる戸棚）も、冷蔵庫の横に、空間を皆使用できるだけの大きなものを作ってくれた。いっぱい入れることができる。

中庭に松の木一本と、七匹の狸、石燈籠、その向こうにトタンの物置小屋がある。白っぽいトタンは太陽があたるとキラキラとまばゆい。そこで君は、ペンキをもってきて、青空に雲が流れ小さな森と田畑、そこに一軒の家が見える。そんな絵を描いた。広々とした田園風景は心和む。

「おや、あの一軒屋から君が出てくるかな」と錯覚する。不思議だな。

佛間の窓辺にはわたしの書斎らしき場所がある。昼間、そこで読書したり、執筆したりしているのだが、長さ一メートルくらいの捩《ねじ》れ曲がった木に蔦《つた》を絡ませ、その先に三角形の電燈をつけたスタンドが、まるで花が咲いたように光る。その横には鳥籠が吊るされてある。この鳥籠も、白い針金を捩《ねじ》って作り、中には可愛い木彫りの小鳥がいて、こっちを見ている。その鳥籠の底の部分には、箒じゃなくて筆に跨《また》がったわたしがいる。

いつもこのように、微笑ましい作品を、素敵な生活ができるように作ってくれて、ほんに心やさしい君であった。

パーキンソン病で入院する時、玄関先で「これからはな、いいこと、いいことあるで」と言って門出した。

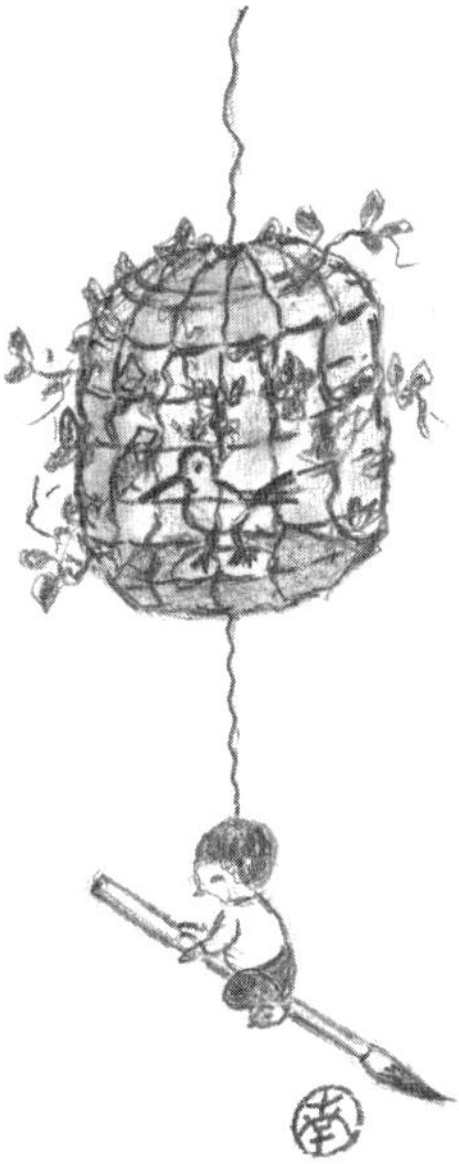

＊

次の遺影は、君の父上、母上、叔母上だ。歯科医の父上は、物静かでやさしいお方だ。お父さんって、こんなにやさしいんだと思った。

初めて来られた時、家中を見て回り、わたしの作品を見て、微笑んで下さった。狸人戯画ばかり描いているので、何も言わなくても真心は伝わったみたいだ。

母上は君が小学校五年生の時、病死なさった。父上の横に、若い母上の遺影がある。よくよく見ると、君の顔立ちは、母上に似ているようだ。六人の可愛い子供たちを残して母上はさぞ無念だったろう。

父上の妹、叔母さんには、母上亡き後、六人の子供たちの母親代わりとして、よくしていただいたそうな。

わたしたちの結婚が決まり、二人して叔母さんに会いに行っての帰り道、君は、「エツさんは、お料理、得意なの、と叔母さん、言ってたよ」と言った。

君を思ってのことだと、母親のやさしい心配に心打たれた。

六人の子供たちが成人してからは、叔母さんは一人暮らし。思うがままに生きていらした。叔母さんは、お手紙が大好き。わたしともよく文通していた。季節ごとに、珍しいもの、美味しいものの、ちょっと使えるものを、いろいろ、少しずつの小包にして送る。すると、叔母さんは、わたしからのお届けものは玉手箱だ。開けるのワクワクするよ、と言って細かな文字でハガキ一面に書き記し、送って下さる。

そのハガキ一枚一枚は、大切に今もわたしのお宝箱の中に入っている。

叔母さんは、母、君、わたしのお誕生日には、必ず電話を下さり、タイがいい、ブリがいいって言っていた、あの声も忘れられない。

＊

次はわたしの伯父（母の兄）、伯母（母の兄の連れ合い）である。

「エッちゃん、これ、わしの形見や」と言って、ある日、突然、翡翠《ひすい》で山を象《かたど》った置物をもってきてくれた。佛の位牌が並ぶ前に、今もちゃんと置いてある。

伯父は、以前は空堀商店街に住んでいて、樋、トタンを扱う商いを営んでいたので、そのせいか、いつも紺色の手さげの小袋を持ち歩いていた。

連れ合いの伯母は、気弱でいつもにこにこ、とってもやさしい。

わたしは伯父伯母の家から近い樟蔭中学校に行っていたので、テスト中は、いつもお泊まりに行く。「よう来た、きた」と言って二人して歓迎してくれる。

テスト中はいつも徹夜だ。二階の一部屋はわたし専用の居場所。伯母は、夜中に虫あしらいにと、ビスケットや飴玉など、ちょこっと、机の上に置いてくれていた。

伯父と伯母には三人の子供がいた。わたしより三つ下の女の子、九つ下の女の子、十二下の男の子。テスト中は邪魔をせず大人しくしていたが、終わるとみんなで楽しく遊んだ。

そこは居心地のよいわが家同然だった。伯父、伯母は、晩年はわたしの家にほんに近い所に引っ越してきた。歩いて三十分くらいの所かな。伯父の自転車の後ろに伯母が乗って、二人してよく来てくれた。

＊

次は叔父（母の弟）と叔母（母の弟の連れ合い）だ。

叔父は、滋賀県の善福寺の住職。本堂で檀家の法事の一つずつを半紙に書き鴨居に貼っていく作業を叔父と一緒にしたことはなつかしい、いい思い出だ。

善福寺には、祖母と母、弟、わたしがよく行かせてもらったが、帰りはいつも、叔父、叔母、息子三人が門前で見えなくなるまで、「さよなら、さよなら……」と手を振ってくれている姿は忘れがたい。

今思うに、心残りがある。致《いた》し方《かた》ないことだが、叔父にもっと、もっと聞きたいことがあった。もっと、もっと、話しておきたいことが一杯いっぱいあったのに、残念無念。

＊

次は、叔父（母の妹の連れ合い）と叔母（母の妹）。

叔母はわたしが小学校五年生の時まで母親代わりをしてくれていた。どこへ行くのも一緒だった。

当時、疎開先の摂津富田で、祖母の兄さん宅の納戸小屋を改造して住んでいたが、叔母は結婚することになった。そのお別れに残していってくれたのが、カレンダーだ。

美味しそうなサツマイモの上に乗っかった二匹のネズミのカレンダー。子《ね》年だった。蛻《もぬけ》の殻《から》のごとくなったわたしは、その寂しさは癒やされず、年が替わってもカレンダーを取り外すことはしなかった。

晩年は、とても嬉しいことに、わたしの家から二、三分の所に引っ越してきてくれた。

叔母の家は、叔父と息子、娘の四人家族。叔父は、普段は口数少なく、一杯飲むと上機嫌になり、まるで人が変わったみたい。

仲睦まじい家族であったのに、酒が災いをおこしたのか叔父は早くに逝ってしまった。息子も娘もそれぞれに家庭をもっていて、叔母は、ひとりぼっちになってしまった。

夕方になると、母を車椅子に乗せて、夕食の差し入れに行く。

どの家も明かりが灯り、空き地の草むらでは、虫が鳴いている。

わたしは、叔母を一人で住まわせるのは忍びなかった。幼い頃のように一緒に住もうと言っても叔母は頭を縦に振らなかった。

昔とちがう立場に叔母は遠慮したのだろうか。母親同然に育ててくれたのに。

夕食の差し入れを渡すと、叔母は必ず「もう、ええのに……」と言う。

その一言に、胸がキュッと締めつけられるような悲しさ、哀しさが過《よぎ》る。

＊

ナムアミダブツ　ナムアミダブツ……。

そんなこんな出来事を、思い浮かべながら念佛を唱える。

「いつものパン、ヨーグルト、クコ、レーズン、チョコ、チーズ、ミルクもろみ酢を、そして、個々の猪口《ちょこ》にもお茶を、皆さまでと。今日もエツは頑張ります。一生懸命、書き綴ります。よろしゅうお願い致します。恐ろしいこともおこりませんように一日無事お願い致します」

東に龍、西に白虎、南に朱雀、北に玄武、四神にもそれぞれ朝のご挨拶を。

次は玄関に。狸が沢山、所狭しといる。剥製狸、木彫狸、粘土狸、信楽焼きの狸、そして、野沢寛画伯に頂いた掛け額（狸）。

君いちど　この絵を見るならば　幸運たちどころ　夢うたがうことなかれ
平成元年十一月　寛

二度唱歌する。そして次は、わたしのお気に入りの、三味を弾いている母狸と手習いしている子狸。あるお店で見つけて、とびついて買ったものだ。も一つは、叔母の娘が、土を捏《こ》ねこねして作った焼きものの夫婦狸だ。

現代童画展に出品していた頃、母と、東京駅近くの百貨店で見つけた、饅頭に見立てたプラスチック製の狸たち五匹。

木の上で、何かいいことないかしらと、こっちを見て笑っているのは、眼鏡をかけた梟《ふくろう》くん。これはわたしが粘土で作ったものだ。

無事に帰ってきてね……と、蛙の親子もいる。悪魔よけにしっかりとにらみをきかせた赤鬼も。お人さんが来られたら逸《いち》早くピーチクピーチクと鳴く小鳥。おかめ、ひょっとこも、お仲間に入れてと言って、ここに居座っている。

ミニ南京も狸に変身、可愛い狸が出来ました。

ドア横には、七福神さん。この神様にもご挨拶を。

「七福神さん、七福神さん、おはようございます。今日一日、無事よろしゅうにお願い致します。エツは頑張ります。どうぞわたしに心の福を与えて下さい、お願い申します」

お腹に摩訶般若波羅蜜多心経がセットされたお坊さんのお経が始まる。

トイレには、淡島大明神さまがいて、その正面には可愛い柴犬の写真が、こっちを見て笑っている。トイレの出しなにはいつも頭を撫でなでする。

こうして皆々様に朝のご挨拶が終わると、わたしの朝食時。早くも時は七時三十分。健康管理のために血圧を計り、新聞に目を通して、それからわたしの大切な時間。時間と、葛藤しながら、思うがままの仕事を熟《こな》す。

人生に哀しみは付きもの。

わたしはどこからやってきたのだろう。

誰もが考えることだが、わからない。
人間として生きさせてもらって、この先、どこへ行くのだろう。
これも、誰も知る由もなし。
限られた命を生きるのに、喜、怒、哀、楽あり、
そして、わたしの心から噴き出してくる
わたしの良薬は、書くことにあると悟る。

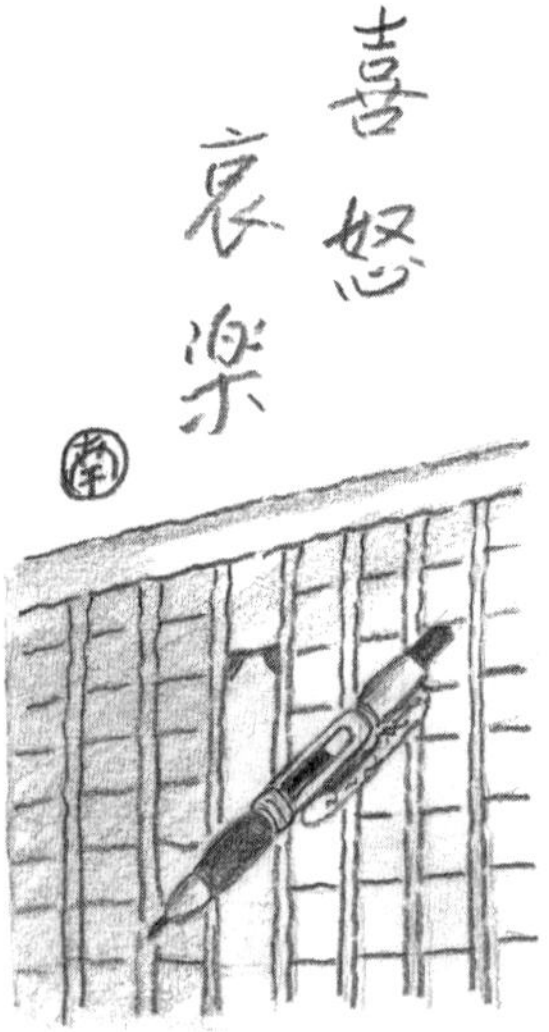

縁は不思議だな

縁とは、辞書によると、続きあい、結びつき、関係……とある。そして、縁は異なもの味なもの……男女の縁というものは、微妙で不思議なものであると。

わたしは、小学二年生の時、祖母の兄さん宅がある摂津富田に疎開したが、わが家の裏手がポンプメーカーの社宅。四軒長屋になっていた。

一軒目は、わたしと同学年の男の子が一人、その隣が五年生の男の子と六年生の女の子、中学一年生の男の子の三人きょうだい、その隣が、三年生の男の子、もう一軒には子供はいなかった。

三人きょうだいのいる家はわが家の真後ろ、手を伸ばすと届くような所。ご主人はポンプメーカーの取締役をなさっていて、見たところ、穏和な方のようだ。その奥方は、ちょっと近寄り難いお人だった。

三人の子供がいるが、皆優等生で自慢の息子、娘だったようだ。

一番下の五年生の息子、「秀一」というのだが、男の子のくせに、こせこせしていて、とくにわたしに対しては、疎開者として苛《いじ》めの対象としていた。

叔母が浴衣《ゆかた》をワンピースに仕立ててくれたのを着ていると、「出来損ないの服、着とるな」とからかう。そして、「お前とこは配給物ばかり食っとるんやろう」とか、思いもよらないことばかり言って、わたしを苛める。

そんな毒舌ばかり吐く息子、秀一のことを秀一の母は知っているのだろうか、と思ったこともあった。が、母も母だ。気取り屋の母にしてこの子ありと言える。

秀一の兄は無口で、話したことがなかったが、姉はオルガンを上手に弾いていた。家から聞こえてくる音色は心安らぐ。

講堂で教頭先生が時折、ピアノを弾かれていたが、何だか興味津々、片隅でじっと聞いているわたし。母の三味の音色は、童謡も弾いてくれるのだが、何となく、哀しく、寂しいのに、ピアノ、オルガンは、心が浮きうきするのは不思議だな。

わたしが少しは音楽に興味をもつようになったと思ったのか、母から「バイエル」の本を手渡された。オタマジャクシの音譜がいっぱい並んだ「バイエル」の本は、わたしにはとても難しすぎた。ずっと本箱に眠ったままになった。

＊

疎開先では、月に一度の家庭訪問以外に、地域で、自由勉強会が行われた。

ある時、秀一の家に六人の子供と来られる親御さんがいた。わたしは叔母と一緒に参加した。

この地域では、社宅の子供たちは皆優等生と決め込んでいるみたいなところもあった。余所者《よそもの》扱いにされているわたしがたまたま発言すると、間違って当たり前、正しければ正しいで難癖《なんくせ》をつけられた。それからは、だんだん参加を拒むようになった。

しばらくして、叔母に縁談が持ち込まれた。

なんと、まあ、あの気取り屋の秀一の叔父さん（秀一の母の弟）とのお見合いとは、驚いた。

叔母も今までいくつかお見合いをしたのだが、今一つお気に入りの方とは巡り合わず、現在に至っていた。

詳しいことは、子供のわたしにはわからなかったが、秀一の叔父さんというと、内心、嬉しくはなかった。しかし、とんとん拍子で成立し、結婚ということになった。

すると、どうだろう。不思議ふしぎ、秀一の態度が、今までとはがらりと変わった。親戚になったということで、わたしに嫌がらせもしなくなり、別人のようにやさしく労ってくれるのは不思議だった。夢のようだった。

「縁」って、どこで、どのようにつながっているのだろう。これも神の業《わざ》としか言いようがない。

わたしは子供心ながら、「開いた口が塞《ふさ》がらない」って、このことなんだと思った。

時よ、待て、まて、急《せ》からしか

カチ、カチ、カチ、カチ……秒針が時を刻み、分針、時針が動く。

仲よくリズムをとって、四六時中、せっせと働いている。

お互い助け合うように、カチ、カチ、カチと足取り軽やかに時を刻む。

我が儘な、頓馬なわたしは、時には「急《せ》からしか。時よ、待て、まて、そんなに急ぐな、急ぐことなかれ」と言う。

母を連れていった大阪病院受診の帰り道、あるお店に大きな腕時計が飾られていた。紛《まが》い物の金だが、ピカピカ光っていた。丸めれば腕時計に、長く伸ばせば柱時計にもなる。

わたしは見た途端、お気に入り。母も「いいね」と言って、一つ買うことにした。

家に持ち帰り、早速、書絵画塾の教室に置いた。母もその教室で、貼り絵の指導をしていたのだが、その時、「おや素晴らしいのがあるね」と、一時《ひととき》、三人の生徒さんたちと時計の話で賑った。そして、「こんなの、わたしも欲しいね、ほしいよ」ということになって、早速、電話で皆さん注文した。

＊

あれからもう何年の年月が経ったのかなあ。

今は、卓袱《ちゃぶ》台の横の違《ちが》い棚《だな》に腕時計として置かれ、カチカチ、カチカチと元気よく時を刻んでいる。

もう母は昇天してしまったし、貼り絵の生徒さんたち三人も亡くなって、でも時計は、元気げんきで、今も時を刻んでいる。少し遅れぎみになってくると、電池を取り替えてあげれば、また、元気げんきになるね。

時計くんはいいね、ずっと元気げんきで、いられるのだから。

人間もロボットになったら永遠の命でいられるのかな。いやいや、ロボットはね、自分の心をもっていないのだ。自分の魂がないのは、とっても寂しい、わたしはわたしだからね。

時計くん、君に急《せ》からしかと言って悪態ついてごめんなさい、お許し下されや。

神さまは、よく考えてなさる。

偓促《あくせく》と働く魂は、限られた命にちょこっと欲を出して、急《せ》からしかと言うのだね。

ちょっとでも、自分の目で、耳で、見て、聞いて、口でもっと言いたいことを言って、喜んで、悲しんで、怒って、ひとりぼっちになって、寂しい、さびしいと言って、昇天してゆくのだものね。

でも人間として、この世に出してもらったのだから、自分にしかできないものを何か残しておきたい、寂しいのを我慢して。

今度は、何に生まれ変われるのかな、いやいや、生まれ変われないかもしれない。

わたしの大好きな筆も握れなくなってしまうかも。

さあ、今のうちだね。急《せ》からしか、せからしかと、言いながら、頑張らなくっちゃ。

カチ、カチ、カチ、カチ……と、時計は、休みなく時を刻む。

「時よ、待て、まて、急《せ》からしか」と、相も変わらず言い続けるわたし。

見守られている自分

今朝の自分は、自分にあらず。体中が、うんざりだるく、いつもの「時よ、待て、まて、待っておくれ」と言う気力もなく、まるで、蛻《もぬけ》の殻《から》のごとき存在だった。

今頃、君は天《あま》つ風にのって、どうしているのだろうな。こんな腑甲斐《ふがい》ないわたしを、空の彼方から垣間見ているだろうか。

あの世に逝く時、五重相伝を受けたわたしの襦袢の片袖を通して、わたしの来るのを待ってくれているのだろうか。

手も足も動かすことが億劫《おっくう》で、頭だけ、あれこれと、古《いにしえ》のことを思い返している自分がいた。無い脳味噌をフル稼働させても何事も納得できる人生は送れまい。

台所の窓際に並べた蝉の抜け殻を一つ、二つ、三つ……と数える。これは庭の木のもとに落ちていたのを拾って一つ、二つ、三つ……と並べたのだが、なんと、十三匹にもなった。

脱皮した蝉は思い切り鳴き、昇天する。ほんに短い命だ。蝉は何事も悩むことがないのだろうか。思い切り鳴き、人の心を和ませながらも、呆気なく去る蝉。そんな蝉の人生に、自分の人生を重ねてみる。できもしないのに喚《わめ》くだけの自分の人生。何の言葉も出ない。

そんな自分に、鎮魂の歌を口遊《くちずさ》む。

＊

君の七回忌の時、姪から送られてきた花鉢に添えられた言葉を思い出す。

「穏やかだった叔父さんを思い偲んでいます」

本当に穏やかで、やさしい君だったなあ。人と争うことなく、自分の才能を背伸びすることもなく、「負けたらあかん、負けたらあかん」と言わず、ただ黙々と、自分の仲間をつくっていた。狸、犬、猫、兎、虎、猪、猿、梟《ふくろう》、鳥……と。

今、わたしはそのお陰で、ひとりぼっちの寂しさの中でも癒やされている。

＊

今年の夏の暑さは別格だ。だらりだらりと、顔から汗が流れ落ちる。

お盆の十三日、早朝に、麻幹《おがら》（迎え火）を焚いて精霊を迎える。また、十五日、お帰りになる日、お素麺を食べてもらって、どうぞご無事に、冥土に戻られますようにと、送り火の麻幹を焚いて、お送りする。

ご先祖さまの言い伝え通り、毎年このようにおこなっているのだが、ちょっと不思議な思いがする。

わたしの場合、朝晩、佛さまにご佛飯を供え、わたしなりのお経を唱えている。佛さまはいつもいつも、わたしのそばに居て下さっているものと思っている。麻幹を焚いて佛さまをお送りして一時間もせぬ間に、また、わたしは夕食を供える。お帰りになった佛さまは、どこを彷徨《さまよ》っていらっしゃるのかなと思うのである。不思議ふしぎだね。

わたしだけ特別なんだ。甘ったれのわたしに、寂しがりやのわたしに、佛さまは、いつもそばについていて下さるのかな。

祖父母、母、伯父、叔父、叔母、そして、君は、ゆっくりと、冥土に戻れないのだね。わたしが、そちらに逝くまで。有り難いことだな、よろしくお願い申します。

ナムアミダブツ　ナムアミダブツ。

ある日のわたしのつぶやきだった。

つばさ

昭和三十七年十一月から翌三十八年二月までのたった三ヶ月間だが、大阪市立東生野中学校に、産休補助臨時教師として勤務した時、生徒たちと仲よく学んだことを、何かの形として残しておきたくて、文集をつくることにした。生徒たちそれぞれに、俳句、詩、エッセイ、作文、手紙など思いのままに綴ってもらった。

題は「つばさ」、大空をはばたき進んでいくようにと。

藁半紙に毛筆で七十枚、生徒たちの綴ったものをわたしが清書した。時間外の作業だったので、価格もなるべく低額にするため。でも今、つらつらと読み返してみると、わたしの文字のお粗末なこと、恥ずかしい限り。

文集に執筆した生徒たち、今、どうしているのだろうな。いいおじさん、おばさんに、いいや、おじいちゃん、おばあちゃんに、なっているかも。

と同時に、自分を振り返る。若気の至りとはいえ、当時は何事においても一生懸命だったにちがいないが、その至らなさに、「お許し下され」と頭を垂れる。が、自分と生徒との接触は、ほんわか温かく、わたしは先生といえども、生徒と共に学ぶといった塩梅だった。

だから、そのいとおしさに涙が出る。悪戯っ子も、泣き味噌も、今、元気にしてくれているだろうかと、無性に会いたくもなる。

「つばさ」の文集に、わたしも「かげぼうし」というエッセイを書いた。

当時の状況を、今現在の皆さんに読んでいただきたく、ここに書くことにした。

わが影を踏みしと思ふ　わが影は
くるりと逃げて　たそがれの中

＊

書絵画塾の子供たちが稽古を終えて、それぞれ帰ってしまった後、がらんとなった教室に残されて、ひと汗拭うと、同時に、なんだか言いようのない寂しさにおそわれる。

そんな時、子供たちの一生懸命に書いた半紙の書を一枚一枚、壁の四方に貼り、じっと眺めている。すると、子供たち一人ひとりの姿がくっきりと浮かんで、嬉しそうな声も聞こえてくる。

「センセイ、信平ちゃんな、鼻の穴から筆が抜けへんねんとう」

「センセイ、早《はよ》う来てみ、泣いてやるわ」

信平というのは、一年生の腕白な男の子で、アニメキャラクターのポパイが大好き。いつも筆を鼻の穴に差し込んでみんなを笑わせるのだが、今日は泣きべそをかいた。

また、一方では、

「センセイ、大変、たいへんや、ノンちゃんな、また、雨もりやりよったぜ」

農繁期になると、子供たちの中で赤ん坊を負んぶしてくる女の子もいて、時折、雨もり（おもらし）に見舞われ、早速、おむつ仕替えをする。その間は添削中止。まるまると太った赤ん坊は、わたしを見てにっこり。忙しい母に代わって、小さな背中に負ぶわれておとなしく待っている幼気《いたいけ》な姿に、そっと頬摺《ず》りすると、お乳の匂いがいっぱい。

「センセイ、センセイ、ヒロシちゃん、えろうなりやった。ひげはやしてみー、ホホホ」

「ミッちゃんもやけん、おまはんのデコチン見てみ、ゲンちゃんの鼻もや、そう、へへへ」

暑くなってくると、流れる汗を真っ黒の手で拭くため、子供たちの顔は真っ黒になる。自分の顔はわからないがね、とっても面白いですね。

このように、泣いたり笑ったりの愉快な教室。

ハタ、ハタ、ハタ、ハタ、どこからか、そよ風が吹いてきて、信平、ゲン、ヒロシ、ミツ、花子をはじめ、みんなの文字が嬉しそうに踊る。子犬のように、戯《じゃ》れている。

このように誰もいない教室で、ただ一人、子供たちの作品と話しているわたしは、頭がぼんやりして少々眩暈《めまい》がする。夕べの夜更かしの所為《せい》かも。急いで机に伏して目を閉じた。それからうっとりと、気持ちよく眠ってしまったらしい。

ガヤ、ガヤ、ガヤ、ガヤ……。

ふと気付くと、山の上には、まん丸お月さま。おや、子供たちの楽しそうな、はしゃぎ声が――。

ガヤ、ガヤ、ガヤ、キャッ、キャッ……。

あれあれと、階下を見下ろすと、影踏みごっこをしている。小さな可愛い影法師を、鬼になった子供が一心に追いかけている。面白そうだな、我を忘れてじっと見ていた。

ボン、ボン、ボン……教室の柱時計が午後八時を打つ。

あれ、知らない間に三十分も居眠りをしていたのだな。呑気な先生だな。階下に下りてきたわたしを、逸《いち》早く見つけたのは信平。

「センセイ、まだいたのけ」

まん丸い目をくりくりさせて、みんなも、頓狂《とんきょう》な顔をしてわたしを見ていた。

「センセイ、影踏みごっこしないけ。なあ、一緒にしようよう」

ミツがわたしの手を引っ張る。

「早く帰らないと母ちゃんが心配なさるわ」

「おらの母ちゃん、まだ田んぼや」

「うちの母ちゃんもや」

もうすぐ田植えが始まる。子供たちの母さんたちは、野良着を着て、せっせと、遅くまで働いている。

農家では「茶」といって午後四時頃に大きなお握りを食べるので、お腹いっぱいの子供たちは、月夜の晩は、外で母の帰りを待つ。

「じゃ一度だけね。早く帰らないと、センセイお腹ペコペコ……」

「センセイ、おら、パン、買《こ》うてきたる」

「ゲンちゃん、ミツも一緒に行く、待ってー」

「ゲンちゃん、お金、持ってるか」

「うん、今日、半紙買わんかったさかい、その十円あるよ」

「ゲンちゃん、ずるいよ。センセイ、うちの半紙ばかりとってな……」

「ミッちゃん、そないに怒るなよう。堪忍かんにん、すんまへん」

「ゲンちゃん、ミッちゃん、もういいよ。センセイの母さん、ご馳走つくって待っててくれてるの」

その横合いからは花子が言う。

「センセイはな、お行儀の悪いの、嫌いだとう」

「ああ、いけねえ。センセイも黒丸つけられるもん、けどセンセイ、教室から出てるもん、かめへんなあ」

「あかんにきまっとるやんか、センセイは、立ってなんか食べられへん。ゲンとちがうんや」

書絵画塾の教室では出席表というのがあって、帰りに赤丸をつけるのだが、大声でしゃべったり、机の上に腰かけたり、手習い中に物を食べたりすると、その赤丸が黒丸になる。子供たちは、最初は赤丸欲しさにやっていたが、今は悪戯する子もなく、菓子を持ち込むこともなく、帰りには雑布で机の上を拭く。このわたしの指導は昔風だと考えないでもないが、書は心の修行であるし、窮屈な構えでもなければ不思議な態度でもない。子供自身も、それが当たり前となって、自ずとやっている。

　でも教室を一歩出れば、別人のようになってしまうが、幼い子供にはその意味がよくわからず、このようなゲンの会話が語られる。でもゲンのやさしい心を嬉しく思い、胸がいっぱいになる。

「ゲンちゃん、有り難う。センセイ、早く帰らないと母さん、待ってるからね」

　わたしは、ゲンの頭をなぜながら言った。ゲンは折角の自分の好意を受け入れてもらえないので、ちょっとつまらなそうな顔をしていたが、わたしの気持がわかってくれたのか「ワァーイ、ワァーイ、センセイの甘えん坊やーい」と、囃したてた。

「ワーイ、ワァーイ、ワァーイ、ワァーイ」と、今度は皆で囃したてるので、蜂に集《たか》られたようで、しばらく耳を塞いでいた。

　その騒ぎが静まると、ノンちゃんを負ぶった花子が、

「さあ、みんなして、センセイ、西の辻の地蔵さんまで送っていこう」

と言った。

「よっしゃー」

　一番に賛成したのは、ゲンだった。

　ゲン、信平、ヒロシ、ミツ、花子とおんぶされたノンちゃんと、きれいに一列に並ぶ。

「もう母ちゃん帰ってなさる。さあ、みんな早《はよ》うお帰り」

「うん、センセイ、送ったら帰る。なあ、みんな」とミツが言う。

「蛙が鳴くけど、帰ーらむ」

今まで黙りこくっていたヒロシが言った。

「さあ、行こう、いこう、シュッパーツ」

センセイを送ってあげようということで、影踏みごっこのことなどすっかり忘れている子供たち。みんなで手をつなぎ田圃《たんぼ》の畦道を通っていく。所どころ、水田になっている田圃もある。蛙がゲロゲロと、鳴いている。小さな影法師、大きな影法師の一行は、ゆら、ゆら、ゆらと揺れながら西の辻の地蔵さまの方へ向かっていく。

わたしが「カラス、何故鳴くの……」と歌い出すと、小さな一行の皆も続いて歌い出したが、しばらくすると、プツリと、やめて、「松の木ばかりがまつじゃない……」と、流行《はやり》の「松の木小唄」とかを歌い始める。

わたしは、ギョギョギョと、びっくり。この小さな鼻たれの子供たちが、どこでいったい覚えたのだろうかと。

わたしたちの幼い頃は、子供は童謡以外は固く禁じられていた。だのに調子よく歌っている。

「なんとまあ」

この小さな一行に「松の木小唄」で送られようとは夢にも思っていなかった。「センセイ、しっかりしろよ」と歌われているようだ。

鼻の穴に筆をつっこんでポパイの真似をしている子、墨で顔中真っ黒けにしている昼間の子供たちとは、全然違う。

「大人が大きな子供であるように、子供は小さな大人である」と、童話作家の福永令三氏が言われた言葉に、わたしは、なるほどと思わずにはいられなかった。

「お月さま、高く、たかく昇れ」

ああ、何という気持のよい夜だろう。

わたしは家に帰り、母に「松の木小唄」に送られて帰ってきたと話したら、大笑い。

月夜の晩は、眠るのが勿体ない。狸じゃないが腹鼓を打って浮かれたくなる。「ポンポコポン、ポコポン……」て、ね。

「そうだ、影踏みごっこしようか」

みんなが寝静まった後、庭に出て、さっき子供たちが面白そうにしていた影踏みを無性にしてみたくなる。地面に映った影法師、自分の影法師を踏んでやろうと一生懸命。もしも誰かが見ていたら「おかしい」って笑ったことだろう。

「影法師、かげぼうし、ちょっと待て、まて」と言ったけど、影法師は、ふっと身を翻《ひるがえ》して、上手に逃げてしまう。

自分というものは自分が一番よく知っているはずだが、案外わかっているようでわからない、捉えやすく見えていて捉えにくいもの、それが自分ではないだろうか。

昼間は、書絵画塾の子供たちと、夜は灯のもとで、わたしはお話を綴り、「自分はこれでよいのだろうか」と、ふと疑問をいだくことがある。素直な子供たちの心に応えるべく、わたしは何をもっているのだろうか。また、子供たちに対する態度は……と。

「自分一人合点じゃなかったか」と、その心の至らぬ拙さに、耐えられない気持ちになることさえある。が、一人合点の考えでもって自分というものが掴みにくいだけに、影法師が踏みにくいだけに、掴もう、踏んでやろうと、一生懸命になる。だから、それで、いいのじゃないかと思い至る。

自分自身を、このように勇気づけながら、わたしは、再び部屋に引き返す。

わたしなりに、覚束ない足取りで、捉えることのできない自分の影法師を、自分の心を、追い続けていくことだろう。そして、いつもわたしの心の中に、ゲン、信平、ヒロシ、ミツ、花子、ノンをはじめとする可愛い子供たちが住まうことだろう。

「センセイ、しっかりしろよ」と勇気づけてくれることだろう。

皆さんも影踏みをしたことがあるでしょう。

とかく、人の影を踏むことは容易《たやす》いこと。しかし自分の影を踏むことは、なかなか、難しい。

常に自分を振り返り、自分を反省し、自分の影を大切にしようと思った。

「有り難う」が消えてゆく

今日はわたしの寂しい悲しいニュースを書き留める。

夏休みも終わりに近づき、子供たちは宿題の期限に迫られている。

ある母親から電話がかかってきて、その母に連れられた小学校二年生の女の子が宿題のプリントをもってわたしの書絵画塾の教室にやってきた。

学校では、三年生から書の稽古が始まるが、学習していない子に書の宿題とは……「書は一日にして成《な》らず」という言葉をご存じないのだろうか。

筆の持ち方すらわからない子供が短時間で習得とは少し無理がある。わたしは母親から頼まれたとはいえ、快くお受けするのは気が滅入る。しかし、宿題となれば、致方《いたしかた》ない。稽古を始める。トトトット、トトットッ、サーッとね。こつこつと丹念に心してするのではないから大変な授業だ。子供の方はもっと苦しいのではなかろうかと思う。

筆と、筆を持っている指が楽しく跳ねて、休み、元気よく、ふーわりと、筆と指は一体化し、この時ばかりと、指が動き、筆が動き、心が動き、書いた文字は、自分の分身となる。嬉しそうな顔をして、書き手の自分を見てくれている。わたしはその時の喜びが何とも言えず、この齢《よわい》になっても続けてこられている。

悲しい時は、かなしい文字を、嬉しい時は、うれしい文字を、一心同体となって自分に語りかけてくれる文字は、一回、二回の稽古で生み出されるものではない。そのことも知ってもらいたいと思う。

わたしは女の子のそばで一生懸命、短縮授業をする。「サァー、トトト……と勢いよく、そして、止める」と、口出しするが、これもまた駄目な指導だと、反省する。でも明日、宿題を持っていかねばならないので仕方なく、「これを機に、筆をもって練習するのよ」と言う。

初めての筆に、ぐったりと、子供は疲れを見せる。でも宿題が出来たとほっとしたようだ。

まあ、いいか、と思って他の子供たちの方にも指導をしていると、玄関で、チンコン、チンコンと、チャイムが鳴った。急いで行く。そして戻ってくると、女の子の姿が見えない。おや、どこへ行ったのかな。さようならも言わずに。道具もない。玄関口に、靴もない。

すると、一人の子供が、「あの子、もう帰ったよ」と言う。

そう、まあいいか、二年生だから、一人で帰れるだろうと思って、他の子供たちの指導にテンヤワンヤ。

やっと終わって、今度は、佛さまと、わたしの夕食の準備。先刻《さっき》の女の子の母親からの電話もなく、無事家に着いているだろうと、ちょっと心配ながら放置しておいた。

あくる日も、そのあくる日も、音沙汰なし。もし無事に着いていなかったら連絡もあるだろうし、電話して、かえって騒がせるようなことになってはと思って、そのままに。

こんな不思議な出来事は、今回だけではない。

祖母がいたら、どう言うだろう。母がいたら、どう思うだろう。

「有り難う」という言葉が、消えてゆく。何故消えてゆくのだ。

「ありがとう」のたった五文字の言葉で、人の心はほんわか温くなるのにね。癒やされるのにね。

わたしは、「有り難う」と言ってもらいたくてこんなことを言っているのではないが、今の世は、何でもあって、優れたもの沢山たくさん、素晴らしいものも出てきたが、それに反して、人の心の温かさは薄れてしまったような気がする。

パソコンでポンポン、ポンポン、指打ちする。おしゃべりする子供も少なくなって、どこへやら、笑顔も消えてゆく。寂しいね。

大人の方々にしても、心を込めてしたことも反応が薄く、ケラケラコンと、ロボット人間のように、それが当然のようになっているこの世の中、悲しく、寂しいね。

他人から何かしてもらった時、自然に、「有り難う」と言う。

これは、他人からの気遣いに対する感謝の言葉。佛教では「自利利他《じりりた》」という。

自分の幸せが、そのまま他人の幸せになり、他人の幸せが、そのまま自分の幸せになる。

＊

仏説譬喩《ひゆ》経に、「有り難う」の語源の「盲亀浮木のたとえ」がある。

釈迦が、阿難《あなん》という弟子に、「そなたは、人間に生まれたことを、どのように思っているか」と、尋ねた。

「大変、喜んでおります」と阿難が答えると、釈迦は、このような話をした。

「果てしなく広がる海底に、盲亀がいる。百年に一度、海面に顔を出すのだ。広い海には一本の丸太ん棒が浮いている。その丸太ん棒の真ん中に小さな穴がある。丸太ん棒は、風のまにまに、西へ東へ、南へ、北へと漂っている。百年に一度、浮かび上がるこの亀が、丸太ん棒の穴にひょいと頭を入れることがあると思うか」

阿難は驚いて答える。

「お釈迦さま、そんなこと考えられません」

「絶対ないと言い切れるか」

「何億年、何兆年もの間には、ひょいと頭を入れることがあるかも。でも、ないと言ってもよいくらい、難しいことです」

「ところが阿難よ。人間に生まれることは、この亀が丸太ん棒の穴に首を入れることがあるよりも難しいことなんだ。有り難いことなんだよ」と釈迦は教えている。

＊

「有り難い」とは「有ることが難しい」ということ。めったにないことを言う。

仏教では、人間に生まれてきたことは大変、喜ぶべきことであると教えられている。

「他人に何かしてもらうことは、めったにないこと、有り難いこと」というところから「有り難い」。それがくずれて「有り難う」になったとか。
大阪弁でよく使用する「おおきに」は、副詞として、非常に、たいへんという意味。
「おおきに有り難し」の有り難しが省略されて「おおきに」となったと言われている。
人間はロボットにならず、どこまでも温かい、穏やかな、やさしい心でいたいですね。

解説

本書をひとことで言い表すなら、最愛の人を失ったのちの、真摯でしなやかな生き方を示す作品――である。最愛の母と夫を亡くした後、著者は書絵画塾を営みながら独居生活を送っている。亡き愛する人々との思い出はいまなお胸に鮮やかで、日々の生活には細やかな思索と感性が息づいている。著者の人柄がそのまま現れているような柔らかな文章はすっと読者の胸になじむようで、自身の人生経験に照らし合わせながら綴られた言葉の数々には、一本筋の通った力強さを感じる。穏やかで時にユーモア溢れる語り口は心地よく、地に足の着いた等身大の著者像に自然な共感を誘われる。

全体は二十八話から成り、主に母や夫と過ごした日々のことを綴った作品群と、幼少期や青春時代の思い出を綴った作品群、そして、書道教室や日常での出来事を挙げ現在の著者の心境や人生哲学を表白した作品群、三つに大別される。とりわけ、亡き母の晩年の様子や介護のことなどを綴った「わたしの母は薬親《くすりおや》」は、文章の端々から著者の母に対する真心がひしひしと伝わり、心打たれる。母在りし日々を詠んだ歌集も収録する贅沢な作りになっているが、この歌群がいっそう著者の母への切なる想いを伝えている。たとえば、介護の日々における一瞬の心の隙間を詠んだ「時がない　その瞬間を　垣間見る　深夜の

部屋の　白き壁見る」「疲れ果て　我が心に　むち打てり　ともす灯　やさしくあれと」、介護を通じて母の存在をより身近に感じる喜びを詠んだ「母の香を　そっと身にうけ　優しさの　温もりありて　我のみぞ知る」、母を亡くした喪失感と悲嘆を込めた「亡き人を恋ひ慕ふごと　雨が降る　しんしんと降る　我に注ぎて」などは、とりわけ印象に深く刻まれるものである。

また、現在の日常風景が浮かび上がる作品群では、生前に夫がしてくれていたことを今は著者が自力でおこなう様子から始まり、古い物でもリサイクルやリユースして大事に使い切るという「神さまからの命のキップ」などが目を惹く。「目先のことだけを考える今の世、過去をなつかしみ、一時《ひととき》、過去に生きる、そんな素晴らしさも失ってはならない」(「人生の道しるべ」)、「祖母、母はわたしに、『人は生きていけるだけのものがあれば、それでいい。あとは多くの夢を』と言っていた。つまり、人に奪われないものをもて」(「わが歩み止《とど》まることなし」)、『『してやった』という言葉は、してもらった嬉しい心を、ゼロにしてしまう」(「愛は心のつながり」)など、著者が祖母や母から学び受け継いできた、素朴でいて凛とした言葉にはまさに宝物の価値がある。

著者の人生、そして愛する人々たちとの絆を刻むこの貴重な作品が、読者のもとに供される日が来ることを願ってやまない。

文芸社　出版企画部　山田宏嗣

あとがき

佛さまはお花大好き、わたしも大好き。でも、朝な夕な、お水を取り替えても、花の命は短く、ぐったりといつの間にか頭を垂れてしまう。すぐに花屋さんにと思っても、常々、車にも自転車にも乗れないわたしは駄目だな。でもそばに植えておけば、いざという時でも大丈夫。花の世話も充分できないが植えておこうと思い、先日スーパーへ連れていってもらった時に買ってきた。花の名前はわからないが、小さな花が寄せ合って咲いていた。ピンクと赤を二株ずつ、そして小菊も二株。帰宅後すぐに、丁度空《から》になっていた三つのプランターに植えた。

そして、二、三日すると花は、わが家を得たように生きいきと育っていた。

「今日もお水をあげましょうね」

じょうろで水を撒く。すると、どこからやってきたのか、変わった、見たこともない蝶が花のまわりを、ハタハタとはためき、わたしがそばにいても逃げ去ることもなく、花に寄り添っていた。なんだか、わたしの家族になったみたい。寂し虫はどこかへ立ち去り心浮きうき。不思議だな、余程この花がお気に入りなんだなあ。邪魔したら駄目だな、水やりは後にしよう。そう思い、わたしは書斎に戻り、今朝の新聞を見る。

おや、新聞を開いた途端びっくりした。先刻《さっき》見たのは新聞に載っている蝶と同じだ。アサギマダラというんだな、この蝶は。アサギマダラは、秋の七草のフジバカマが大好きと書いてある。おや、この花フジバカマなのか。偶然とはいえ偶然すぎるよね。わが家に、貴重な蝶のアサギマダラが来るはずがないのに。

庭に出て、「おやおや、君、きみ、蝶に化けちゃったの」と言ったら、ヒラリ、ヒラリと体を翻《ひるがえ》しながら飛び去っていった。重なる不思議な出来事に、有り難うと頭を下げる。

わたしは歳のことを言うのは嫌いだが、今の歳になったからこそ、見えないものが見えてきたように感じる。だから一日一日を大切に大事に生きていこうと思う。

南無阿弥陀佛、ナムアミダブツ。

『摩訶不思議　わたしのつぶやき』シリーズは、これから先も、命の限り、ずっと続くことでしょう。読者の皆々様、この度の拙作、六作目も手に取って戴けたら嬉しいです。

この出版に当たり、文芸社の皆々様には、過分のご尽力を賜り感謝いたしております。

そしてまた、五作目に続き、企画部の山田宏嗣様には解説に加え、常日頃、勿体ないお言葉も頂戴し、心より嬉しく、本当に有り難うございます。

南曳　合掌

著者プロフィール

森本 南叟（もりもと なんえい）

本名、森本 悦（もりもと えつ）

1937年11月7日、大阪府大阪市北区堂島に生まれる。

1960年3月、大阪樟蔭女子大学国文学科卒業。

現在は書絵画塾を経営。

1986年3月に「ポンタの紙芝居」が第11回現代童画会新人賞を、11月に第37回奈良県美術展覧会知事賞を受賞。2010年12月、滋賀県甲賀市のあいこうか市民ホールへ寄贈。

1989年11月に「分福亭」（著書『狸人戯画』の表紙絵）が第15回現代童画会東京都教育委員会賞を、1995年7月に芸術公論賞を受賞。2010年12月、滋賀県甲賀市のあいこうか市民ホールへ寄贈。

「みどりの風」（1992年、奈良県葛城市新庄図書館へ）、「狸の天神祭り」（2012年、同市新庄文化会館へ）、「風邪ひきたぬき」（2013年、同市玉井医院へ）、「いい湯だな」「ねずみの宇宙旅行」（2015年、済生会御所病院へ）、「雪降る夜」（2016年、奈良かつらぎ梅本司法書士事務所へ）、「星のふる遊園地」（2017年、奈良県葛城市尺土の南平整形外科へ）をそれぞれ寄贈。

著書

歌　　集『明日に立つ』
画　　集『狸人戯画』
エッセイ『母に捧ぐ詩』
　　　　『摩訶不思議　わたしのつぶやき』
　　　　『摩訶不思議　わたしのつぶやき２』
　　　　『摩訶不思議　わたしのつぶやき３』
　　　　『摩訶不思議　わたしのつぶやき４』
　　　　『摩訶不思議　わたしのつぶやき５』
絵　　本『子だぬきマコのたからもの』
　　　　『ブランコ毛虫』
　　　　『ぼうしのようなお山はどこどこどこ』
　　　　『赤い実と三匹の子狸』
　　　　『子犬になったポンスケ』
童　　話『南叟童話集１』
　　　　『南叟童話集２』

著者プロフィール
森本 南曳（もりもと なんえい）
本名、森本悦（もりもとえつ）。
（詳しいプロフィールは前頁をご参照下さい）

本文絵及びカバー絵／森本 南曳

摩訶不思議　わたしのつぶやき 6

2023年 7月15日　初版第 1 刷発行

著　者　森本 南曳
発行者　瓜谷 綱延
発行所　株式会社文芸社
〒160-0022 東京都新宿区新宿1－10－1
電話 03-5369-3060（代表）
03-5369-2299（販売）

印刷所　図書印刷株式会社

ISBN978-4-286-24105-0　JASRAC 出 2302139 － 301